꽃은 꽃
그대는 그대

꽃은 꽃
그대는 그대

초판 1쇄 인쇄 2012년 04월 02일
초판 1쇄 발행 2012년 04월 09일

지은이ㅣ이 순 세
펴낸이ㅣ손 형 국
펴낸곳ㅣ(주)에세이퍼블리싱
출판등록ㅣ2004. 12. 1(제2011-77호)
주소ㅣ서울시 금천구 가산동 371-28 우림라이온스밸리 C동 101호
홈페이지ㅣwww.book.co.kr
전화번호ㅣ(02)2026-5777
팩스ㅣ(02)2026-5747

ISBN 978-89-6023-780-3   03810

꽃은 꽃
그대는 그대

이 순 세 시집

ESSAY

제 4 부 다 버리고 생명을

제5부 수레바퀴 안에서

제1부

강촌의 저녁

그리움은

그리움은
그리운 대로
그냥 그렇게 두세요.

만남은
날리는 벚꽃처럼
슬픔만 수북하게
남기고 가니까요

뜨거움을 머금은 채
피지 않는
꽃봉오리처럼

그대와
나를 이어주는
끈
인연
그리움

바람이 되고 싶다

죽어서
할 수만 있다면

길이 없는
바람이 되고 싶다

산에, 산에
들에, 들에 노닐며

예쁜 이름 부르리라!
야생화 하나하나

수줍은 향기 맡으리라!
야생화 하나하나

간드러진 웃음 들으리라!
야생화 하나하나

달빛 어린 자태姿態 안아주리라!
야생화 하나하나

첫눈

어디서 날아오나
새하얀 비늘들

사월 봄바람에
벚꽃 날리듯

천상의 눈꽃이
구름을 지나 이곳까지 날리네.

모든 어린 것은
아름답기보다 귀여운 것

하늘하늘 나리는 첫눈은
부끄러워 땅으로 숨었네.

함박눈

바람이
오지 않는 날
눈이 내리네. 가만히

소리가
잠든 날
눈이 내리네. 가만히

오지 않은 바람은
내리는 눈
춤사위 차분히 보여주고

잠든 소리는
내리는 눈
가락 신명나게 살려주네.

아!
장엄하여라.
눈 하나하나
고스란히 살아 있네.

하얀 눈물

겨울엔
별이 허물을 벗는다.
별이 허물을 벗는다.

물오른 봄
꿈 피어나고

해 다가온 여름
정염 타오르네.

바람 식은 가을
추억 살쪄가고

하늘 멀어진 겨울
설움 날리우네

함박눈
벗꽃 날리듯
서럽게 내리는
오늘 밤

별이 허물을 벗는다.
별이 허물을 벗는다.

함박눈 오시는 밤

오시나요.
바람도 누워버린 이 밤에

오시나요.
별님도 돌아누운 이 밤에

오시나요.
아궁이 불씨도 잠든 이 밤에

오시나요.
어머니 기침도 잦아든 이 밤에

그 누구
못 잊어서 이 밤에 오시나요.

눈보라

휘이잉 소리
문풍지 때리고

컹컹
개 짖는 소리에

우우웅
외양간 누렁이

성가신 바람에 흔들리는
검은 소나무

어젯밤 사나운
바람에 실려 온

문지방 앞 신발 속
소복 쌓인 눈

겨울 저녁 수리산

설이 열흘 지난
포근한 겨울 저녁
수리산 자락

어디선가 몰려온
제 모양, 제멋대로 새들
때깔이 고와라
울음소리는
깊은 동굴 속
물방울 떨어지듯

모숨모숨 얽힌
나뭇가지 뒤에 숨은
붉은 해는
커다란 홍시

부족함 없는
산에서
허기진 도시로
스며드는
구수한 저녁 내음

겨울나무

하얀 달을 품은 앙상한 가지에
죽어 말라붙은 얼굴 몇 개가
검은 겨울바람의 서성거림에
소리죽여 가며 떨고 있네.

죽음의 계절에
서성거리는 저승사자 같은
겨울바람이, 그댈 찾아 헤매는데
어느 곳에 숨어 꿈을 꾸는가.

먹이를 찾아 헤매는
늑대 같은 겨울바람이 떠나는 날
내미는, 앙증맞은 얼굴이 보고 싶다.
잔인한 바람이 매섭게 짖어 댈수록

초겨울

추운 바람에
저만치 멀어지는 해

낙엽 속으로
숨어드는 나무

회색빛으로
얼어가는 하늘

어두운 그림자 드리운
사람들의 얼굴

어디선가 날아오는
따뜻한 눈송이

눈보라 오는 밤

말하지 못한 사연
얼마나 많기에
이 어둔 밤
하얀 설움 날리우나

미친 사람처럼
넋을 잃고 뛰어다니는
겨울바람은
하얀 눈물 뿌리우고

야윈 나뭇가지
겨울바람 하소연에
어둠 속에
성가시게 흔들리고

깨어 있는 이
찾아낸 겨울바람
문틈으로
소리치고, 울부짖어

잠 못 드는 이
감은 눈엔
깊은 사념의 한
소복하게 쌓여가네

하늘하늘 내리는 눈

회색빛 계절에
천상에 오르지 못한
하나하나의 영혼들이
애절한 가락을 타고 나리네

사연 사연의 몸짓은
제멋대로 다르지만
어머니 같은 땅에 누울 땐
왜 그리, 한결같이 슬픈가.

눈이 오는 길

하늘도
거리도
마음도
잿빛으로 가득한
오후 네 시의 거리를 간다.

시장 앞길에
행색이 초라한
모자가 손잡고 걸어가네.

케첩이 떨어지는
핫도그를 하나 들고 있는
조그만 아이 손

아이 한입
엄마 한입
아이 한입
엄마 한입

정겨운
눈이 내리네.
따뜻한
눈이 내리네.

마음에도
거리에도
하늘에도

한겨울의 산

사람의 냄새가 끊긴
깊은 산골짜기

새하얀 눈꽃이
온 산을 덮고

가녀린 구름이
산등성이 넘어 갈 때

소나무 가지에 드리워진
힘겨운 눈을

후욱 불고 가는
짓궂은 바람에

한낮에도 쏟아지는
반짝이는 별들

가을 나무

이글이글 타는 정염의 눈빛
하나라도 놓칠까 봐
잎사귀 넓게 펼쳐

흠뻑 사랑에 취해
오고 가는 바람
잊은 지 오래

차가운 바람이
몸을 훑고 지나갈 즈음
점점 식어가는 임의 눈빛

따뜻한 눈빛 애원하며
빠알갛게 노오랗게
물들여 유혹하지만
멀어져가는 임 잡을 수 없어

여름 내내 뜨거웠던
사연 담긴 잎사귀들
가시는 뒷모습
서러운 갈색 바람에 날리운다

가을 오솔길

여름 내내 깊은 풀잎에 가려
보이지 않던 오솔길

서러운 가을바람에 밀려난
노오란 풀잎 사이로 보이네.

곱디고운 단풍잎
시인의 어깨를 치며 유혹하면

시인의 마음에, 깊은 수심 걷히고
단풍냄새 자욱한 오솔길이 생겼네.

단풍놀이

알록달록한 색을 머금은
계곡물에 발을 담그고
산을 올려다보니

하늘 구경 간
먼 산의 머리는
구름에 가려 보이지 않고

지나간 안개에 생기 찾은
저 멀리 이끼 낀 절벽은
단풍잎 사이로 푸른데

빨간색, 노란색 냄새
흠뻑 적신 바람은
이 산 저 산 돌아다니네.

가을 하늘

모처럼
차 안에 누웠다.

하늘이 보인다.
시퍼런 가을 하늘이
깊이를 알 수 없는
물웅덩이처럼 깊다.

마음은
하늘 푸른
웅덩이에서
흠뻑 젖어 노닌다.

하늘을 이고 사는 사람들
고개만 들면 볼 수 있는
아무나 볼 수 없는 하늘

가을에 핀 남산제비꽃

누굴 기다리나 그대여!
자줏빛 고름에
새하얀 저고리 차려입고

짓궂은 바람이 속였나
임이 오신다고

오시는 임
낙엽에 가려 아니 보일까 봐

가녀린 목 길게 뽑은 자신이
부끄러워 살짝 고개 숙였구나!

언제 올지, 아니 올시 모를 임
기다리는 어린 소녀 같은 꽃

들국화

게으른 학교 가는 길
안개 자욱한 둑길에
여기저기 들국화

히뿌연 안개도
황금빛 얼굴의 너를
차마 감추지 못하는구나.

진한 입맞춤 같은 향기에
흠뻑 취한 어린 소년은
갈 곳 몰라 하는데

멀리서 학교 종소리는
네가 꽃이고
내가 사람임을 알려주네.

해는 노을만 남겨둔 채
서쪽 산에 숨어들 때
돌아와 너를 보니

차가운 가을 하늘에
미끄러지듯 날아가는
기러기들만 보고 있구나.

강촌의 저녁

빠알간 늙은 해가
갈대에 걸려 안간힘 쓰고

노을 머금은 비단 구름이
남빛 하늘에 드리워져 있네.

저만치 마을 굴뚝에서는
구수한 연기가 피어오르고

강물은 긴 여행에 지쳐
꿀럭꿀럭 강둑 부여잡으려 하네.

경칩에 나리는 비

나리네
나리네
촉촉촉…

늘어진
잠에서
깨어나라고
촉촉촉…

초목들
하나하나
적시는 입맞춤
촉촉촉…

쌀쌀한 인심에
멍들어가는
마음을 달래는
촉촉촉…

그리움

보름이면 길들여지지 않았던
그 옛날이 그리워
달을 향해 울부짖는 개

새벽이면 먹이 찾아 날던
그 옛날이 그리워
여명을 향해 통곡하는 닭

가을이면 어디에도 걸리지 않았던
그 옛날이 그리워
푸른 하늘 보며 눈물짓는 나그네

고향 생각

학의 둥지처럼
아늑한 곳

마을을 사이에 두고
감싸며 흐르던 시냇물
넓은 들 앞에서 만나
사이좋게 흐르고

아랫말 윗말 아이들
치리, 모래무지 쫓으며
흠뻑 젖어 놀던 곳

가을엔 노오란 바람이
너얼븐 들
황금빛으로 출렁이고

빠알간 저녁 놀 속에서
춤추는 하루살이 쫓으며
꼴 잔뜩 먹인 소
냇가에서 물 먹이던 곳

아이 기다리다
바깥마당 나온 할머니
소 뜯기고 온 손자
머리 만져주고 안아주던 곳

정월 대보름 저녁
대소쿠리 가득 시루떡 담아주던
동네사람들이 살던 곳

어려울 때 금 은 보석
하나하나 꺼내 팔 듯
타향살이 힘겨우면
모락모락 피어나는 고향 생각

나그넷길

하늘을
이불 삼아

벌판을
요대기 삼아

산맥을
베개 삼아

살아온
나그네

생生과 사死는
자고 일어나

떠나야 할
나그넷길

노을 쫓는 학

태양의 그림자는
하늘, 구름에 배어들어
하늘 궁전 노을이 되고

아름다운 노을에 취해
둥지 떠난 학은
수리산 자락에 앉았네.

별

어릴 적, 멍석 깔린 마당
할머니 무릎 위에서
많은 별들을 담았습니다.

새까만 밤하늘에
또렷이 빛나던 노오란 별들

귓가를 간질이는
할머니 이야기 소리에
별들도
숨었다, 나왔다
놀아 주었습니다.

할머니가
아이 눈 속에 가득한 별들
하나, 둘, 셋, 넷…
은하수 저편에서 놀 때까지
세어주었습니다.

나이가 든다는 것은
잃어 간다는 것인가

할머니도
들었던 이야기들도
눈 속에 가득 찼던 별들도
하나 둘 사라져 갑니다.

달빛

숨소리만 남은
마을

달빛 그림자
문풍지 채우고

홀로 깨어난
서러운 마음

하얗게 나리어
만져주는 달빛

패랭이꽃

끝이 갈라진 꽃잎은
모올래 지나가는
바람에도 하늘하늘 웃네.

꽃 가운데 예쁜 줄이
처음 수줍게 립스틱 바른
아가씨의 입술처럼 곱구나.

저만치 가는 세월은
귀밑머리 하얗게 적시고
육신을 무뎌지게 하는데

마음 끝 세심히 갈라
작은 바람에도 행복을 느끼며
조금 더 예쁘게 사는 꽃

문

태초에 문은
없었다.

문도 없으니
담도 없다.

국경에 막혀
구름 못 가나

국경에 막혀
철새 못 가나

국경에 막혀
강물 못 흐르나

인간만 있는
문

소나기

하늘을 채우는
비 머금은 먹구름

몰고 온 비 몇 방울
먼저 뿌리고 간 바람

두두둑 떨어진 빗방울
일어나는 젖은 흙냄새

좌아아 쏟아지는 비
윤기 흐르는 풀잎

토란잎 꺾어
머리에 인 나그네

비

하늘에 떠도는
흩어진
영혼의 파편들

방울방울
생명을 얻어
하염없이 나린다.

높은, 낮은
       더러운, 깨끗한
              어둔, 밝은

어느 곳에도
처음 순수한 영혼으로
씻어 내려간다.

내
강
바다

더 내려 갈 곳 없을 때
영혼은 흩어져
하늘로, 하늘로

지상의 아픔을
어루만지려
영혼을 씻는다.

생과 사를
넘나드는
비

수리산

왕조에 반란을 꿈꾸다
쫓기듯 이곳에 머물러
잠시 웅크리고 있구나.

산의 높고 낮음의
덧없음을
너의 기운에서 느낀다.

푸르른 너의 기운
한껏 받아
다시 깃발 높이 들어

우리의 꿈이
이루어질 때
너를 안고 춤추리라.

아궁이 불씨

밤 깊어
엷어진 별빛

새벽을 부르는
닭 우는 소리

후우- 후
어머니 입김에

깨어나는
잠자던 불씨

야생화

봄, 여름, 가을
변덕스런
바람에 핀 야생화

산에, 산에
들에, 들에
이름 없는 야생화

피고, 지고
피고, 져도
보는 이 없는 야생화

제멋대로
진한 향기
맡는 이 없는 야생화

바람결에
웃는 소리
듣는 이 없는 야생화

달빛 어린
서러운 자태
아는 이 없는 야생화

우주와 함께

반딧불 같은 해는
찰나의
아름다움을 보여주고

우주의
어두운 여백은
아름다운 소리를 들려주네.

성운은
재잘거리는 솜처럼
따뜻하게 감싸주고

은하는
자궁 같은 요람처럼
평안히 잠재우네.

죽거든

뼈 곱게 갈아
산에, 들에
철부지 바람에 날려주오

무거운 영혼 하나하나
들고 가던
철부지 바람

아무렇게나 여기저기
야생화 품에
떨어뜨리면

새벽이슬에 젖은
지난 생의 번뇌를
야생화는 어루만져주리

유월의 개망초꽃

누웠다.
개망초 되어

장승처럼 내려다보는
소나무들 머리 위로

바람에 날리는 솜사탕처럼
구름이 하늘을 그리며 날아간다.

생명을 뿌리는 해는
올라오라고 유혹하고

생명을 잔뜩 품은 바람은
온몸을 핥고 지나가네.

몸도 하늘하늘
마음도 하늘하늘

몸 한 끝에서
슬며시 터져 나오는 욕망이여

꽃을 낳누나.
꽃을 낳누나.

질경이

네가 세상을
받치고 있다는 것을 알까?

온갖 치장한 꽃들에
눈이 멀어버린
생명들이

네가 세상의 끝자락을
놓지 않으려고
안간힘 쓰고 있다는 것을 알까?

생명의 빛을
흥청망청 흘려보내는
생명들이

네가 세상을 향해
정을
쏟아내고 있다는 것을 알까?

정을 받을 줄만 알지
줄 줄 모르는
생명들이

질경이
질경이
꽃은 어디에 숨겼나

쇠비름

비천한 머슴의 삶
땡볕에 뒹굴고

자리한 곳 모질어
아픈 운명을 지고

손발이 퉁퉁하게
거칠게 살아도

숨겨둔 노오란 딸
어찌 그리 어여쁜가.

개망초꽃

찾지 않아도
꽃은
피어 있었다.
그 자리에서

보지 않아도
꽃은
웃고 있었다.
그 자리에서

듣지 않아도
꽃은
노래하고 있었다.
그 자리에서

알지 못해도
꽃은
보고 있었다.
그 자리에서

내가 없는
그곳에
바람, 비, 이슬
해, 달, 별

밤비 내리는 봄

포근한 봄을 담아
가만히, 가만히
내리는 밤비

잠결에
젖을 무는
아이처럼
새싹은
밤비를 문다
봄비를 빤다.

예뻐라!
귀여워라!
순진무구!

개망초꽃 각시

어머니 만나러 가는 길에
핀
개망초꽃

논둑길을 걸어오시던 어머니
늘
개망초꽃 속에서 나오셨네.

어머니는
개망초꽃 각시
어머니는
개망초꽃 각시

가던 길에
개망초꽃 한 아름 안으니
눈물 콧물 배여 있던
어머니 행주치마 냄새

어머니는
개망초꽃 속에
숨어계셨네

냉이꽃

누가 보았는가.
소박함이여

수줍게 피운 욕망
보이지 않는데

피웠다 지우고
마음 없는 곳에서

보였다 감추고
눈에 차지 않는 모습으로

소리 없이 울고 웃고
항상 그 자리에서

다 떠나보낸
오늘

꽃은
세상 어디에나
가득가득 피었네.

새벽 봄비

반지하 방 창밖에
어둠을
두드리는 비

깊은 뿌리에 잠든
초목을
깨우는 비

욕망에 지쳐 잠든
새벽에
살며시 찾아온 비

홀로 깬 사념에
감은 눈
적시는 비

소쩍새

쏘꾹
쏘꾹
소쩍새 피울음 소리
밤마을 적시면

어스름한 북창에
서러움이
배어드네.

망각의 강 건너서
생사이별
멀어져간 곡소리

기억나지 않는
고운 님 목소리
가슴을 울리네.
가슴을 적시네.

쏘꾹
쏘꾹
소쩍새 피울음 소리
온 밤을 적시면

은하 꽃

쿼이사
쿼이사
욕망이 번쩍이네.

쿼이사
쿼이사
욕망이 돌아가네.

쿼이사
쿼이사
꽃이여, 꽃이여

아!
찰나이어라
힘은
찰나이어라

아!
찰나이어라
집은
찰나이어라

은방울꽃

방울
방울
하얗게 울리면
깊은 산 속
어둠이 웃고

방울
방울
귀엽게 울리면
깊은 산 속
초목이 웃고

방울
방울
은은히 울리면
깊은 산 속
풀벌레 웃고

방울
방울
꽃이 떨어지면
깊은 산 속
바람이 우네.

더덕 꽃

고개 숙인
부끄러움 속에
순박한 아름다움이 있다지만
어찌
순박함뿐이랴

바람 같은
나그네 손끝에
고개 든
자줏빛 농염
그윽한 얼굴

온 산을 헤매어도
온 여름을 기다려도
후회 없는 조우, 인연

아무에게나
주지 않는
향기 짙은 마음은
깊은
어디에 숨겼는가.

노을 꽃(Evening Primrose)

해 그림자
노을

천상의 아름다움
땅에 내려

인忍고苦의 밤에도
활짝 웃어

어둠 속
노을이 피었네.

까마중

딸랑
딸랑
까마중
할머니 돌아가신
상여 길에

딸랑
딸랑
까마중
고향 떠나는
마을 앞길에

딸랑
딸랑
까마중
오늘, 문득
버스정류장 한편에

딸랑
딸랑
까맣게 익어

바람이 짙어지면
떠나네, 떠나야 하네.

바람이어라

그래,
나는 바람이어라.

그토록 원했던
자유로운, 길이 없는 바람

이름 모를 초목과
초목 같은 민초들 속에서

그 이름 부르리.
그 향기 맡으리.
그 서러움 보듬으리.

야생화
야생화
야생화

제 2부

산본시장

꽃구경 가자

아이야
꽃구경 가자

업이
오랏줄처럼
삶을 꽁꽁 묶어
하늘 보기 어려워도

아이야
꽃구경 가자

사람들이
쳐놓은 덫에 걸려
너는
어린 삶에 시달리고
나는
어른 삶에 시달려도

아이야
오늘만은
꽃구경 가자

늙은 노을 보려다
달구경 하듯이
벚꽃이 날리어
눈길을 갈지라도

나약한 감상주의는 가라

떨지 마라!

떨지 마라!

떨리지 않는 것을

떨리게 떨지 마라!

꿈결 같은 세상

노래하라 생명들이여
꿈결 같은 세상

눈에선 핏빛 눈물이
코에선 거친 숨소리가
입에선 뼈를 가는 신음이

난로 위에 끓어오르는
물주전자처럼
새어나올지라도

이 아름다운 세상에
뜨거운 욕망으로
참된 나를 둘러싼 껍데기들이
다
타버려, 식을 때까지

다시 왔던 곳으로
참된 나에게로
생명으로

스스로 그렇게 돌아갈 때까지

노래하라 생명들이여
꿈결 같은 세상

오늘도 난

우주 만물이 흘러가는
시공時쏲 위에 떠있는
낙엽 위에 올라타
영혼의 무게실어 떠가네.

낙엽이 가라앉으면
시공時쏲 속에 잠들고
일어나 또다시 낙엽을 타고
영혼의 무게실어 떠가네.

꽃상여

이제 가면 언제 오나
어허 달랑

알록달록 형형색색
다리 넷 위 꽃 궁전

세상보다 아름답게
하늘 가는 꽃상여

인생무상 못 덮네.
온갖 꽃 치장해도

이제 가면 언제 오나
어허 달랑

상여 속에 누운 이는
어디쯤 가고 있나

북망산천 떠돌며
집을 찾아 헤매나

저승사자 바짓가랑이
움켜잡고 애원하나

이제 가면 언제 오나
어허 달랑

알몸에 삼베수의
입고 누워 있으련만

남을 위해 한 건 없고
욕심으로 지옥 가네.

채운 욕심 먹은 육식
다음 생生에 어찌 할꼬

꿈

이제 막 어둠이
골짜기마다 배어나는
산길을 따라 뛰어 내려오는데

애타게 외치며 달려온다.
나에게
내가 모르는
아내와 아들딸이

일곱 살쯤 되는 사내아이가
빠르게 달려오고
난 달리기를 멈춘다.

아이는 아버지라고
크게 부르지만
시선은 내 얼굴을 향하지 못한다.

아이를 안고
서러움에 왈칵 눈물을 쏟다가
꿈에서 깨었다

그 애틋함에
아직 젖어있는 깊은 눈시울은
무엇을 기억하고 있는가.

돌아가네

나 돌아가네.
나 돌아가네.
수레바퀴 속
나 돌아가네.

너 돌아가네.
너 돌아가네.
수레바퀴 속
너 돌아가네.

빨래통

빨래통에 담긴
수북한 삶

먹고살기 위해
뛰어다닌 양말

어깨 피멍 들도록
땀이 밴 셔츠

힘겨운 삶에 늘어진
아내 속옷

귀여운
아이들 옷

뒤섞여 부둥켜안고
소곤소곤

누구를 위해 사는가

꽃샘추위가
해코지하는
밤 9시

싱크대를
실측하러 가기엔
늦은 시간

엄마, 아빠는
아직 직장에 있고
집에는
배고픈 아이들 셋이
나를 맞이하네.

싱크대를 실측하는 내내
무엇이 얼을 빼앗아 갔는지
배고픈 아이들은
TV를 보며
하하하…

저 어린 생명들의 허기는
TV가 채워주는가.

열애

누군가를
그리워한다는 것은
마음에
꽃을 피우는 것과
같습니다.

곱게 핀 꽃이
시들어 떨어지기 전에
임에게
보여주고 싶은
애절함이여!

누군가를
사랑한다는 것은
차가운 마음에
촛불 하나 켜는 것과
같습니다.

보고, 또 보고
태우고, 또 태워도

아직도
채워지지 않은
뜨거움이여!

멍에

저기 저, 코가 꿰어
자유를 잃고
멍에 쓰고
힘겨운 짐을 지고 가는 소

육신과 자식이라는
유혹에, 자유를 잃고
욕망을 뒤집어쓰고
힘겨운 삶을 살아가는 이

도시의 밤

어릴 적 시골의 밤은
험상궂은 새까만 얼굴로
내 머리맡 사념을 잡아먹었지만

도시의 밤은
회색 바탕에 형형색색으로
피곤한 머리맡 사념을 유혹하네.

어릴 적 시골의 밤은
풀벌레 소리 내며
아련히 은하수 저편의 꿈으로 데려갔지만

도시의 밤은
고단한 이들의 신음소리 내며
부스스 슬픈 번민의 늪으로 데려가네.

망자와의 약속

죽음이, 하늘에 드리운 먹구름처럼
병원 천장을 떠다닐 때

가는 이는 나를 바라보고
눈물지으며 원하네. 그것을

'알지, 그대 마음을 아네.
내 약속하리다.'

고개만 끄덕일 뿐
말을 하지 못하는 나

가는 이는 눈을 감고
바쁘게 제 갈길 가는데

무겁게 이곳에서
머언 창밖의 하늘만 바라보네.

들어주어라 묵묵히

들어주어라
묵묵히

아내가, 남편이
뜬금없이
말끝에
서운한 감정을 내뱉어도

들어주어라
묵묵히

너무 너무 해묵어
돌처럼
딱딱하게 굳어
그대 가슴을
아프게 때릴지라도

들어주어라
묵묵히

사랑하는 이의
마음에
무겁게 가라앉은
상처들은
다
그대로 인한 것

진심으로 말하라
잘못했다고
미안하다고
사랑한다고

무상한 인생

…010…
…0120…
…01234560…
…01234543210…
…01231323210…
…01234567890…

바람

내가 서있으면
네가 바람이 되고

네가 서있으면
내가 바람이 된다.

내가 가만히 있으면
네가 소리 지르고

네가 가만히 있으면
내가 소리 지른다.

산본 시장

산본 시장엔
사람이 산다.

불룩 튀어나온 배만큼
인심 두둑한 떡집 주인

한 잔 술에 취해
일에 취해
하루 종일 취한 고추방앗간 주인

하루 종일
한 끼 식사비도 못 주워도
웃음 항상 얼굴에 가득한
고물 줍는 할머니

시원한 이마만큼
통 큰 순댓국집 형님

향기 없이 화려한
조화 같은 대형마트보다

사람 냄새 진한
산본 시장이 좋다

마음이 칸칸이 갇힌 아파트
매연이 바람처럼 날리는
도시살이

오늘도 산본 시장에서
장바구니 가득
사람의 마음을 담아간다.

산 위에 올라보니

산 위에 올라보니
무수히 많은 십자가들

허구도, 허위도
저렇게 많으니

꼭 진짜처럼
자리 잡고

화려한 독버섯처럼
번져가네

박스 줍는 할머니의
돈까지 앗아간

저 번지르르한
교회들은

밤하늘을
탐욕의 십자로
난도질하네.

새벽에

우유와 신문들이
오토바이 소리를 내며
내 얕은 새벽을 깨우고

전생과 현생에 인연한
고단한 한낮의 삶이
또다시 열리는데

지금까지 지은 업을
언제 다 풀고
자연 속으로 돌아가나

새해맞이

오소서
주렁주렁 잔뜩 안고
열두 색깔 고운 끈으로
제각각 묶은 복주머니
가득가득 채워
어서어서 오소서

가소서
사박사박 다 쓸어서
힘겨운 살림살이에
꼬깃꼬깃해진 빈 주머니
고단한 시름 담아
다 가져 가소서

시계

오늘도 시계가
돌아간다.

째각, 째까아아악…

거대한 톱니바퀴에
끼인 사람들, 짐승들, 꽃들의 살점이
갈리는 소리

째각, 째까아아악…

한쪽엔 고통이
한쪽엔 쾌락이
뒤섞여 나오는 소리

째각, 째까아아악…

욕망이라는 에너지를
먹고 돌아가는
윤회의 시계 소리

째각, 째까아아악…

슬픈 개

항상 슬프고 허무한 눈빛을 가진
어느 집 문밖에 누렁이 한 마리

보름 전부터, 그리 순하던 네가
지나가던 나에게 유난히 짖더니

너의 품안에 눈 못 뜬
귀여운 강아지 세 마리가 잠자고 있구나.

그래서 너의 눈빛에
생기가 돌고 살아있는 냄새가 났구나.

오늘, 퇴근길에 보니
너의 집에 강아지는 보이지 않고

젖이 퉁퉁 불은, 슬픈 눈을 가진
누렁이만 앉아있네

슬프구나. 애야.
불쌍하구나. 애야.

사람의 욕심이 너의 가슴을 찢고
목숨 같은 자식을 빼앗아가서

너의 가슴엔 슬픈 허무만 가득하고
눈빛도 텅 비어있구나

오염된 상술문화와 문명의 이기에
자식을 빼앗기고

부모는 계급착취의 그물에 걸려
그나마 자식 얼굴을 맘 편히 보지 못하고…

돌아서 어둠으로 걸어 들어가는
내 등이 유난히 슬픈 것을, 누렁이는 알리라

아내의 웃음

아내가 웃었습니다.

명절 끝, 서울로 올라오는
고속버스 안에서
한겨울에 핀 매화꽃처럼

어머니를 닮아갑니다.

고단한 손과 얼굴에
힘겨운 세월이 할퀴고 지나간
상처 같은 주름들이

햇살이 비춥니다.

생활고에 찌들어가는 아내를
안쓰럽게 바라보던
어두운 내 마음에도

어머니 주름살

어릴 적
고향의 어머니는
뽀오얀 복숭아 얼굴

고달픈 세월은
여기저기
할퀴고 가버려

얼굴엔
크고 작은
상처의 흔적이

알 수 없는 문자처럼
여기저기
쓰여 있다

식구들만 읽을 수 있는
어머니 얼굴에 새겨진
아픈 사연의 문자들

왜 달리는가

언제부턴가
달렸다
숨이 차도록
낮에도
밤에도
오직
네모진 곳을
향하여
향기롭게 웃는 야생화를
성가시다 걷어차고
신비한 노래 부르는 별빛을
하찮다고 귀를 막으며
달리다
죽어도 좋다고
그렇게, 그렇게…

하!
걸어서 간다.
평안한 지금은
생글 생글 웃는
야생화 향기

어루만지며
아늑한
별빛의 가락에
꿈을 꾸면서
짙은 색안경에
네모난 귀마개를 쓴 사람들이
마른 먼지를 날리며
내 어깨를 치고 지나가도…

달려가는 것도
모자라
창도 없는 버스 같은
네모 속에 들어가
오직, 그 안에 걸린
네모난 액자만 바라보며
죽음을 향한 신작로를 따라
앞을 다투며
페달을 밟는
그들은 누구인가.

어젯밤 꿈에

아내가 다른 남자에게
시집을 간다.

아내보다
다섯 살 어린 남자에게

그런데, 왜 난
아내를 바라만 볼까.

나보다 젊고 부유해서
잡지 못했을까.

결혼 날짜는 다가오고
초조해지는데

꿈에서 퍼뜩 깨어
옆을 보니

고단한 삶에 시들어가는 아내가
단잠을 자고 있구나.

운명

눈물의 양이 있습니다.
누구나 한평생 흘려야 할

고통의 양이 있습니다.
누구나 한평생 찡그려야 할

웃음의 양이 있습니다.
누구나 한평생 웃어야 할

웃음은 스스로 늘려 갈 수 있습니다.
눈물과 고통은 피할 수 없지만

주전자

단번에 서러운
상처를 들이부어

가슴에
푹푹 끓여

참았던 고통
실실 피어나는 안개

나를 비워가는
뜨거운 한줄기 시

지방자치

생쥐에게는
사자보다
여우가 더 무섭네.

지방자치로
여우가
무섭게 늘어났네.

저러다
서민들을
다 잡아먹겠네

행복

너는 행복하지 못하다
행복을 쫓아가는 한

너는 행복하지 못하다
너와 같이 있는 행복을
보지 못하는 한

너는 행복하지 못하다
상상 속에 있는 행복을
버리지 못하는 한

활인검 活人劍

내 마음속엔
예리하게 날이 선
검 한 자루가 있네.

마음속에 일어나는
교만, 이기심, 악한 마음 등등
온갖 욕심들을

단숨에 베어
나를 살리고
다른 이들을 살리지만

그 검의 날이 무뎌져
내 안에서 자라는
나만을 향한 질긴 욕심을
끊지 못할 땐

그 검은
스스로 내 목을 베어
다른 이를 살리고
나를 살리리라.

횟집 수족관 활어

횟집 수족관의
물고기는 표정이 없다.

순번이 정해지지 않은
죽음 앞에서
잠깐의 삶이
회색빛으로 드리워진다.

죽음의 눈빛이 떠가는
뜰채에서 파닥거리는
친구를 보며
살아있다는 희열을 느낀다.

오늘도 장례식장에는
웃으며 담소를 나누는
살아있는 물고기들

TV

마음도
시간도
집어삼키는

TV는
블랙홀

사람의 마음에
허망한 욕망의 꽃을
피어나게 하는

TV는
화이트홀

자신은
TV의 밖에서
허물어져 가는데

얼굴은
멍하니
얼이 빠져나갔네.

TV 밖

그대 자신은
TV의 밖에
있네.

그대가
사랑할
부모, 아내, 자식, 이웃…

그대의
진짜 삶은
TV의 밖에
있네.

그대를
살아 있게 하는 것은
TV의 밖에
있네.

생명은
TV의 밖에
있네.

블랙홀 같은 TV

마음을
확인하는 눈빛을
TV가 다, 빼앗아가고

마음을
나누는 대화를
TV가 다, 빼앗아가고

마음을
적시는 정을
TV가 다, 빼앗아가고

집안에
사람들은 살아도
누가 사는지 모르겠네.

공친 날

커가는 자식들은
먹이 달라고 입 벌리는
제비 새끼처럼
쩍쩍 손을 벌리는데

번 돈 없이
한겨울 시린 바람만
잔뜩 안고 들어온
오늘 밤

혀라도 깨물어
혀라도 잘라
자식들 허기라도
달래주련만
요즘은
공친 날이 많아
잘라줄 혀도 없는데…

돈 나올 데 없는데
돈 쓸 데는 끝이 없네.

죽일 듯이
골목을 서성거리는
매서운 겨울바람보다
날카롭게 올라간
아내의 눈꼬리가
더 차갑구나.

갈라진 발뒤꿈치

삼십 년 전
한여름 밤에
낮에 논일하고 돌아온
아버지의 갈라진 발뒤꿈치가
낮에 먹은
논흙을 고통스럽게 게워내고
바셀린을 잔뜩 먹더니

오늘
한겨울 밤에
낮에 막일하고 돌아온
나의 갈라진 발뒤꿈치가
낮에 먹은
고달픈 아픔을 토해내고
바셀린을 잔뜩 먹네.

내 발뒤꿈치의
고통이
내 딸들의 목숨이듯이
아버지 발뒤꿈치의
고통은
나와 형제들의 목숨이었네

대보름달 아래

찌든 살림살이
대보름 달빛으로
깨끗하게 씻어보고

군내 나는 살림살이
대보름 달빛 아래
새것 같이 비춰 봐도

마음속에 총총히 뜬
고달픈 살림 걱정
달아달아 어찌하나

메밀베개

번잡한 도시의 어둠 속에서
밤하늘 고향의 별을 센다.
총총하던 기억 속의 별들은
뒤척일 때마다
메밀베개 속에서
푸스스… 쏟아진다.

산, 들, 내, 야생화…
할머니, 어머니, 아버지, 동생, 동네사람들…
송아지, 강아지, 풀벌레…
바람, 이슬, 소나기…

집댓마루댁 손자는
별을
마음에 총총히 박으며 살았었네.

총총하던 기억 속의 별들은
뒤척일 때마다
메밀베개 속에서
푸스스… 쏟아진다.

무서운 지배도구 TV

TV로 포장한 상술
TV를 점령한 자본
가정을 점령한 TV
TV를 이용한 세뇌
TV를 이용한 지배
TV를 이용한 착취
상술에 갇힌 가정
자본의 노예가 된 가정
집안은 온통
TV의 결과물로 가득 차고
생명들의 정은 사라져가네

식구들의 삶과
식구들의 마음을
블랙홀처럼 빨아들이네.
식구들의 삶과
식구들의 마음을
리모컨처럼 조종하네.

드라마로, 영화로, 광고로
뉴스로, 오락프로로, 스포츠로…

봉지쌀

퇴근길
어둑어둑한
쓰러져가는 골목길에서
지쳐, 힘겨운 얼굴을 한
짧은 파마머리 아줌마가
마주쳐 지나간다.

두 되 정도의 쌀과
참외 세 개가 든 비닐봉지가
그녀의 손에 매달려있다

그녀의 어깨를
축 처지게 한 것은

봉지쌀과
참외 때문인가.

머리에 가득 찬
가난 때문인가.

가슴을 짓누르는
자식 때문인가.

저만치 아른거리는
욕망 때문인가.

두 되의 봉지쌀이
감당할 수 없을 만큼
그녀에겐 무거워 보였네.

사랑할수록

사랑할수록

오래 같이하고 싶을수록

최소한의
예의는

꼭
지켜야 합니다.

지켜야 할
최소한의 예의조차
무너뜨리는 것이

깊은 사랑이라는
착각은 하지 마세요.

서로서로
엉키고
엉키게 살아도

홀로 왔다
홀로 가는 것이
인생이니까

수족관 속 물고기들

사천오백 만 마리의
물고기들

한 줌도 안 되는
자들이

이쪽으로
먹이를 뿌리면
이쪽으로 아귀다툼

저쪽으로
먹이를 뿌리면
저쪽으로 아귀다툼

한 줌도 안 되는
자들이
잡아먹기 위해
쳐놓은 그물 속으로
아귀다툼

오늘은 오늘만 생각해

오늘 밤
유난히 길어지는
아내의
고달픈 생활고 이야기
갈수록 어두워지는
나날에 대한 두려움…

타들어가는
쉰 목소리는
새벽까지 이어지네.

가난과 고단한 삶만
잔뜩 품고 있는 내가
아내에게 줄 수 있는 것은

"오늘은
오늘 하루만을
걱정해"

아버지의 눈빛

오늘 저녁
거울 앞에 홀로 서서
30년 전에 본
아버지의 눈빛을 보았다.

가난에 그늘진 얼굴
처자식에 대한 근심에
거칠게 갈라진 주름들
항상 쫓기는 듯한 눈빛

그 시절에 난
아버지를 닮고 싶지 않았다.
아니, 아버지를 몰랐다.

아버지를 닮아가며
아버지를 알아간다

아버지
아버지

두 자식도
나를 닮아 갈까 봐
두렵습니다.

그때
아버지가
두려워했던 것처럼

거미줄 법

지배계층이 만든 법은 거미줄 법
힘없는 파리 같은 민초는
걸려 착취에 말라죽고

힘 있는 쥐새끼 같은 지배계층은
아무렇지도 않게 지나다니며
걸려든 먹이 챙기네.

첫사랑

상처는
추억으로
아물어도

지워지지 않고
남아 있어

배꼽처럼
배꼽처럼

세월은
재가 되어
쌓여도

꺼지지 않고
남아 있어

불씨처럼
불씨처럼

제3부

이기고 짐의 늪

깨달음의 미소

실눈 속에 가려진
백팔번뇌

생生과 사死는
나그넷길

깨달음에
입꼬리 살짝 올렸네.

마음속 거울

마음속 거울을
매일 닦는 나

행여 게을러
닦지 않으면

어느새 낀
세상의 때에

가야 할 길
보이지 않네.

마음속 촛불

오늘, 어두운 마음속에
초가 하나 있음을 느꼈네.

깨달음으로 촛불을 켜니
마음이 밝아져 내 갈길 보이네.

수없이 마음에서 일어나는
집착, 욕심, 망상의 바람으로

깨달음의 촛불이 꺼지지 않게
바람을 잠재우며 살아가리라.

마음의 틀

그대여
성내지 말게나.

그대의 마음에
덧없는 틀을 만들어

그곳에, 그대와 다른 이를
가두려 하지 말게나.

지옥으로 만들고, 악업을 낳는
마음의 틀을 스스로 없애버려

그대와 다른 이를 해방시키고
자연으로 돌아가세

벗어나세

생명이
'나'라는
자그마한 껍데기에
갇혀

나만을 향한
욕심에
엮어가는
악업은

끊어지지 않는
인연이 되어
내일 그리고
다음 생生의
나를 얽어매고

나로부터
벗어나
깨달은 바를
행行하는 삶은

끊임없이
돌아가는
악업의 수레바퀴 속에서
벗어나게 해주네.

부처님이 오신 날

스승은
부처는
참나는

이미
그대가
처음부터
품고 있었노라

산다는 것

말이 없다지만
어찌 한恨이 없으랴

아쉬움보다는
다시 올
그날이 두려운 걸

소중한 것들
할 수 있었던 시간들
내 곁을 떠나 버린 후 알지

또 얼마의 겁이
흐른 후
다시 빛을 받을까?

남은 것이 얼마든
다시 올
이곳을 위해

발자국
하나하나
조심스럽게 디뎌야지

스스로 만드는 운명

무명無明하여
인과因果의 수레바퀴를
보지 못하고

그 속에서
온갖 굴레의 업을 지으며
생사를 넘고

고통과 번민의
잔인한 운명에서
벗어나지 못하다가

깨달음의 등불을 밝혀
인과因果의 수레바퀴를
보고, 알게 되니

덧없는 육신과 탐욕의
굴레로부터 벗어나
악업을 짓지 않고

잔인한 운명의
형틀에서 벗어나
스스로 운명을 만들어가네.

아름다움은

산본 중심상가
번화한 길을 가다

문득
고개 드니

독사가 아가리를 벌리고
달려드는 듯한
섬뜩한 느낌들

화장품 가게에
크게 붙은 연예인의
사진들이었네

갑옷 같은 화장에
예리하게 날이 선
칼날 같은 웃음, 눈빛으로
무장한 그녀들

껍데기의 치장이
권능을 주는
욕망의 바다에 핀 꽃
아름다움

아름다움은
나와 다른 이를
가두는
감옥이어라

원통한가

왜 그리, 가슴을 치며 우는가.

무엇이 그대를
원통하게 하는가.

욕망으로 인하여 돌아가는
세상의 수레바퀴 속에서

지금의 결과를 낳았는지를
살피고 또 살펴서

잔인한 악업의 굴레에서
벗어나려 애쓰지 않고

철없는 아이처럼
떼쓰며 울기만 하는가…

이끼처럼

새벽에 맺힌 이슬로
하루를 너끈히 사는
이끼처럼

나에게 주어진
작은 행복에도
만족하며 살리라

생명을 갉아먹는
한낮의 볕에도,
눈 속에서 얼이가는
한겨울에도

죽음을 넘어
다시 사는
이끼처럼

생사의 경계 넘는
나그넷길
멈추지 않으리.

자연은 참스승

죽음 같은 겨울이
저승사자 같은 바람을
앞세워 보낼 제

나무는
온갖 영화와 욕심을
땅 위에 떨어뜨려 버리고

풀은
땅에 떨어진 작은 욕심마저
버리고 땅속으로 들어가는데

나는
얼마나 많은 욕심을 버려야
자연으로 돌아가 나를 지키나

죽음 넘기

그대는 왜?

겨울이 오기 전에
월동준비를 하면서

죽음이 오기 전에
죽음을 넘을 준비를 하지 않는가.

생生의 겨울나기는
먹을 것, 입을 것, 땔 것
잔뜩 끌어 모으지만

사死의 죽음 나기는
갖은 것, 있는 것
다 버리고
나조차 버리는 것이네

초월

이글이글 타는 태양 속으로
풍덩 빠진 나

두려움도 뜨거움도
없네!

나는 무無

유有하지 않으니
탈 것도 겁낼 것도 없다.

하루살이

빠알간 노을에
광란의 몸부림으로
축제를 즐기는
그들을 본 적 있는가.

너무나 짧기에 소중한
살아 있기에 감사한
그들의 군무 속에서

영원히 살 것 같은
착각 속에서
끌어안고 놓지 못한
욕망의 무거운 짐
내려놓고

하루살이처럼
세월의 바람 맞으며
너울너울
춤에 취하고 싶다

평안하라

하루 중
언제가
가장
편안한가.

온 종일
업을 따라
고단하게
떠돌다

집에서
잠자리에
눕는 순간
평안을 느끼네.

항상 비어있는
참나로 돌아가
평안히
쉬어라.

껍데기의
욕망에
지친
그대여

해탈

여섯 마리의
백마가 끄는 황금마차가
나를 유혹하지만

난 스스로 땅을 밟으며
발길에 스치는 야생화 어루만지며
진리의 법을 따라 가리라

힘겨운 삶

삶이 힘든 것이 아니라
마음에 욕망이 가득 차고
그 무거운 욕망을 들고
분주하게 살아가는
삶의 무게가 무거운 것이네

자식도 있어야 하고
많은 돈, 좋은 집, 좋은 차…
이것도 있어야 하고
저것도 있어야 할 것 같아
바리바리 짊어지고 가는 삶

삶은 나그넷길
봇짐 속에, 이것저것 가득 채워
떠나는 나그넷길을
힘들다 투정만하거나
가야 할 길, 그만두지 말고

봇짐 속의 욕망을
하나하나 버려서
발걸음 가벼운
즐겁고, 감사하고, 행복한
인생길을 가도록 하세

가두지 마라

스스로를
알지 못하는 생명들이여

스스로를
영혼이라 부르지 마라

스스로를
신이라 부르지 마라

스스로를
그 무엇이라 부르지 마라

아직, 세상에는
스스로를 부를 말이 존재하지 않는다.

가을바람에

서늘해지는 가을바람에
도대체
몇 명이 뜨거워지는가.

쓰러뜨리는 가을바람에
도대체
몇 명이 일어나는가.

죽여 가는 가을바람에
도대체
몇 명이 살아나는가.

끝을 알리는 가을바람에
도대체
몇 명이 시작하는가.

이 가을바람에
도대체
몇 명이 깨닫는가.

가을비 맞으며

구수한
가을비 내리는
가로수길

고즈넉한 풍경에
바람도 누웠다.

빗방울에 씻겨
선명해지는
낙엽의 얼굴
참으로 고와라

중년!
많은 추억이
떨어지는데

호젓한 비는
오지 않고
낙엽 춤추는
어지러운 바람만 부네

감각의 노예들에게

육신의 눈에
갇힌 생명은
보이는 것에
노예가 되기 쉽네.

귀여운 강아지, 아기
재미난 TV, 인터넷, 게임
아름다운 여자, 남자
차, 꽃, 제품, 물질…

노예가 되지 않으려면
노예에서 벗어나려면
껍데기에 갇히지 않은
스스로를 보라
스스로를 보라

귀, 코, 입, 몸, 생각
육신의 감각에
스스로를 가두지 마라
스스로를 노예로 만들지 마라

귀뚜라미 울음소리

아직
한낮이 뜨거운데
서늘한
어둠 속에서
귀뚜라미
울어, 울어

아직
세상은 어리석은데
무심한
사라짐 속에서
귀뚜라미
울어, 울어

아직
육신은 불타는데
빠른
세월 속에서
귀뚜라미
울어, 울어

낮에도
운 귀뚜라미 소리
욕망 가라앉은
깊은 밤이 돼서야
찾아오네.

강물 위에 낙엽

육신의, 껍데기의
삶은 번민이요
괴로움이라는 것을
가끔 잊고 산다.

그래서
삶의 가시가
폐부를 찌를 때
더 아프다

가시가 주는 아픔보다
삶은
좋아야 한다는 생각이
나를
더 아프게 한다.

어리석어 만든
욕망의 집이
자연의 흐름에
무너질 때
아프다, 아프다

깊은 밤 춤추는 사념 思念

바람도 오지 않고
사람 소리도 오지 않고
차 소리도 오지 않는
깊은 밤에

사념은
잠자리를 박차고
처음 보는 춤을 추네.
처음 보는 춤을 추네.
시작도 끝도 모르는

무심한 시공의 장막은
예리한 칼날 같은
사념의 춤사위에
난도질 당하고

흩날리는
시공의 파편 넘어
보였다 가렸다
보였다 가렸다…
찾으려 했던 그것이

깨달음의 향기

향기로운 꿀을
담았던 항아리는
깨끗한 물로 씻어내도
향기로운 냄새가
배여 나오고

구린내 나는 똥을
담았던 항아리는
깨끗한 물로 씻어내도
구린 냄새가
배여 나오네.

깨달음의 길을
가는 나그네는
생사生死의 물로 씻어내도
깨달음의 향기는
배어나네.

껍데기 삶

누군가
이 생명에게 말한다.
결혼을 하여
2세를 낳고 사는 것이
이렇게 힘든 줄
이렇게 괴로운 줄
이렇게 허망할 줄
몰랐다고

이 생명은
보듬어주네
'육신과 세상에 세뇌 돼
자기복제 욕망에
2세를 낳은 죄'라고

여우도
새끼를 많이 낳으면
새끼를 위하여
자신과 다른 생명들을
많이 죽여야 하네.
스스로와
토끼, 쥐…

누가 사는가

삶이 고통이면
고통을 주는 이가
생을 이어주는가.

삶이 낙이면
낙을 주는 이가
생을 이어주는가.

삶이 애욕이면
애욕을 주는 이가
생을 이어주는가.

삶이 재미이면
재미를 주는 이가
생을 이어주는가.

삶이 욕망이면
욕망을 주는 이가
생을 이어주는가.

늘어나는 가난

사람의 마음속에 있는 때
가난은
갖은 것을 비교할 때 생긴다.

비교하는 그 물건이
세상에 존재하지 않으면
그 물건에 대한 가난은 없다

세상엔
점차 많은 가지의 물건이 나온다.
세상은
그만큼 많은 가난이 생겨난다.

당연하다는 병

걸을 수 있다는 것만으로
평생을 웃고

말할 수 있다는 것만으로
평생을 웃고

볼 수 있다는 것만으로
평생을 웃고

사람으로 태어났다는 것만으로
평생을 웃는

사람은 어디에도
없네.

누군가에겐
당연한 것이
누군가에겐
꿈같은 세상에서

사람을
어리석게, 사악하게,
불행하게, 교만하게
만드는 병
당연하다는 병

당연하다는
눈가리개를 쓴 사람들은
자신이 누리는 복을
보지 못하네.
누리지 못하네.

덫에 걸린 바보

바보야!
육신의 욕망을
잔뜩 먹지 말란 말이야
스스로가 병들어

바보야!
세상의 욕망을
잔뜩 먹지 말란 말이야
스스로가 힘들어져

바보야!
종교의 욕망을
잔뜩 먹지 말란 말이야
스스로가 어두워져

서로가 서로를 속이고
서로가 서로를 유혹하고
서로가 서로를 파멸로 이끄는
어리석은 세상에선

다른 이를 보지 말고
너 스스로를 보란 말이야
얼마나 헛된 욕망에
스스로를 속이고 괴롭히는지를

바보야!
이젠, 허망하고 어리석은
욕망에 조종 당하지 말고
스스로를 위해 살란 말이야

맞들임 — 하나

미식축구
재미없네.
룰을 모르니까

미식축구로부터
자유로웠네.
룰을 알지 못하니까

어느 날
그날 따라
자세히 룰을 설명해주며
해설하는
미식축구 경기를 보았네.

알아버렸네
미식축구를

이런, 이렇게 재미있는
경기가 있었나.

미식축구에 맛들이니
집착하고
집착하니 벗어나지 못하고
벗어나지 못하니
노예가 되어
TV 앞에 끌려와
가슴을 졸이며 보고 있네.

아!
그리워라
룰을 모르던
자유로운 그때가

대자연의 손길에

동굴 안에 머무른 지
몇 해
밖은
눈이 수북하게 쌓이고
해가
유난히 밝은
오늘

색이 없는 굴 안
욕망
하나, 하나
맺혀 떨어지는 소리
청아하게 퍼지는
울림, 울림, 울림…

고요를
두드리는 소리,
대자연이
내민 손길에
돌아앉아
미소 짓는
터엉 빈 나그네 마음

무슨 소리가 나는가

물의 깊이를 알려면
돌을 던져보면 알고

마음의 깊이를 알려면
비판을 던져보면 알고

생명의 깊이를 알려면
모진 운명에 던져보면 아네.

비늘

끈적끈적한 늪에서
솟구쳐 오를 때마다

삭힌 고통을
토해 낼 때마다

해를 물고
몸부림 칠 때마다

함박눈처럼
빈 공간을
그리며 떨어지는
허물
비늘
시

빈 양말

양말을
뒤집듯이
나를
뒤집어 살펴본다.

없다!
껍데기만
나의 모양을 하고 있을 뿐
비어있다!

그렇게
양말 속에서
벗어났다.

새장을 벗어난 생명

눈뜬 이의 시를 마시고
거울을 들여다본다.

투명한 생명
어디에도 없는

과거도
미래도
현재도 없어

위에도
아래에도
중간에도 없어

괴로움을
담을 곳이 없네.

욕망을
심을 곳이 없네.

거울을
빠져나갔네.

거울조차
사라졌네.

세뇌 된 세상의 욕망

욕망을 부리지 않으면
이리도 가벼운 것을
이리도 평안한 것을
이리도 자유로운 것을
왜 그동안, 그리도 욕망을 부려
무거움 짐을 지고 살았던가.
괴로움에 갇혀 살았던가.
악업을 지으며 살았던가.

그래, 세뇌 되었지.
알게 모르게 세뇌 되었어.
어리석은 자들이 퍼트려
세상을 채운, 어리석은 욕망에

숨 맛

아! 달콤하다
숨 하나 들이마시고
숨 하나 내쉬는
맛이

아! 힘겹다
숨 하나 들이마시고
숨 하나 내쉬는
것이

이! 이런
숨 쉬는 것이 힘겨워져서야
숨 맛을 알았네.

살인 세뇌 벗고 스스로 보라

흙벽돌은
아무리 문질러도
거울이 되지 않듯

모세와 예수, 마호메트 같은
어리석고 사악한 무당들이
거짓과 망상으로 만든
여호와와 틀, 속박으로는
너희 스스로를
비추지 못하리라.
너희 스스로를
알지 못하리라.
너희 스스로를
구원하지 못하리라.

흙벽돌은
아무리 문질러도
거울이 되지 않듯

공자와 맹자, 손자 같은
울타리와 피라미드의 주구들이
만든 틀과 어리석음으로는
너희 스스로를
비추지 못하리라.
너희 스스로를
알지 못하리라.
너희 스스로를
구원하지 못하리라.

악의 뿌리

모든 악은
어리석음에서 생기고
어리석음은
'나'라는
덧없고 허망한 껍데기에서
생기나니

덧없고 허망한
육신의 나
소유의 나
관계의 나
관념의 나
생각의 나
세뇌의 나
껍데기의 나로
세뇌 돼서
'나'와 '다른 이'를 구별하고
'우리'와 '다른 이들'을 구별하여
껍데기의 나를 위해
악을 짓네.
어리석음을 짓네.

스스로를 보라

일체를 보라

육신, 소유, 관계, 관념, 생각, 세뇌는

모두 덧없고 허망한 것

그것 때문에 짓는

악이

얼마나 허망한가.

얼마나 어리석은가.

지렁이 벗님

사람이 없는
0시의 공원에
지렁이가 기어간다.
꼼지락 꼼지락…
지렁이가 기어간다.
느릿느릿…

오늘까지 마쳐야 할 일
그에게는 없다

처자식의 짐
그에게는 없다

알아야 할 이유
그에게는 없다

머리를 가두는 가시관
그에게는 없다

영악하게 살 생각
그에게는 없다

꽃향기에 머무름
그에게는 없다

지렁이가 기어간다.
삶과 죽음의 땅을

지렁이가 기어간다.
아무것도 없이

오늘 밤도

오늘 밤도
마음속에 칼을 들어
나의 허물을 벗는다.

육신의 껍데기는
각을 뜨는
예리한 칼끝이 지나가는 곳마다
쓰리고 아려온다.

하루의 껍데기를 벗기고
생의 껍데기를 벗기고
본래의 모습으로 돌아간다.

우주
자연
참된 이치

허물 벗기

거울에 비친
내 얼굴이
낯설다

문득
전혀 모른 이의
얼굴이다

모르는 이가
모르는 이를 보고
모르는 곳으로 간다.

내 얼굴이라고
살아온 날이
낯설다

또다시
이렇게
허물을 벗는다.

성냄은

성냄은
덧없고 허망한
'나'라는
껍데기에 싸여
세뇌 되고 갇혀
어리석고, 사악해져
생겨난 마음인 줄 알아

억누르거나
숨기거나
뿜어내어
스스로와 일체에
상처주지 말고
아픔주지 말고
저절로
사라지게 만들어라

'나'라는
덧없고 허망한
뿌리를 뽑아버려서,

'마음'이라는
덧없고 허망한
항아리를 깨버려서

괴로움

삶이 무상하여
괴로운 것이 아니라

무상한 것에 집착하여
괴로운 것이다

시경 詩經

글자도 권력의 도구였던 때인지라
삼천여 수 중
민초의 평평한 사랑,
민초의 정,
민초의 울타리와 피라미드에 대한
원망은 거의 빼버리고

대부분
울타리와 피라미드의
제후와 주구들을 노래한
시만 남겼고,
틈틈이
울타리와 피라미드의 착취 아래
전쟁에 내몰려 신음하는
민초의 삶이 보이고.
끼워 넣기로
남존여비
남녀상열을 담았네.

시가 담은 것은
울타리와 피라미드 안에
제후들이 주인공.
민초는 노래하는
보이지 않는 주변인,
민초는 착취에 신음하는
다스림의 대상

생명아, 생명아
얼을 차려라!
울타리와 피라미드 안에서
어리석은 슬픔을 노래한
시경詩經을
나쁜 본보기로 삼아라!
어리석은 본보기로 삼아라!
너희가 잊고 사는 것이,
너희가 보지 못하는 것이,
너희가 듣지 못하는 것이
담겨있네. 숨겨있네.

생명아, 생명아
평등한 생명아
하나의 생명아

생명은
울타리와 피라미드에 가둬
다스리는 대상이 아니라
평등하게 함께하는 이

생명은
무언가를 위해 다스리는
수단이 아니라
무엇이 존재하는 이유

찰나에 뒤집어쓴
육신과 운명에
세뇌 되고 길들여져
어리석고 사악하여 만든
울타리와 피라미드를,
알게 모르게 세뇌 된
울타리와 피라미드를,
그대 안에서부터
무너트리고 없애서
일체와 평등하게 하나 되어라!
그대 밖에

울타리와 피라미드를
무너트리고 없애서
일체와 평등하게 하나 되어라!

다시는
어리석고 사악한 배경을 노래한,
가엾은 슬픈 노래가
세상을 덮지 않도록
모든 생명이
자기로부터 혁명을 이루어
일체와 평등하게 하나 되어라!

이 생명의 스승

'세 명이 같이 가면
반드시 나의 스승이
있는 것'이 아니라
세 명이
모두
나의 스승이다.
타인은 나의 거울이므로

타인의 바른 것을 보고 배우고,
타인의 그른 것을 보고
스스로에게 비춰 고치니
세 명이 모두 스승이네.

사람뿐 아니라
모든 생명이
스승이요
살가운 벗이라.

찰나에 뒤집어쓴
육신과 운명은 다르지만
모두가
참된 이치를 마시고 사는
하나의 생명이네.
비록
어리석고 사악할지라도

이기고 짐의 늪

이기고 짐의
늪에 빠진 자야!
이기는 것은
늪이요
지는 것은
그대임을 알라

사악하고 어리석은
늪에 빠져
이기려는 그대는
다른 이와 스스로에게
악과 상처를 주나
얻는 것은
덧없고 허망함뿐이네.

생명아, 생명아
스스로와 일체에
눈 떠
평등한 생명,
하나의 생명임을 알아
늪에서 벗어나
절대행복을 누려라.

제4부

다 버리고 생명을

가시관을 벗어라

태어나
육체에 길들여지고

세상의
욕망에 길들여지고

허망한
종교에 길들여지네.

그대의 머리에 얹어진
가시관을 벗어라.

그리고 돌아가라
자연으로, 처음처럼

나는 그대를

나는
그대를

이름으로도
직위로도
국적으로도
종교로도
부르지 않으리.

그대를
생명이라
부르리.

무수한
껍데기 속에 가려진
그대여

그대는
나와 다르지 않은
생명이네

단어

맛있는 '치킨' 단어 속에
살아 있는 어린 닭 없고

맛있는 '꽃등심' 단어 속에
슬픈 눈을 갖은 소가 없네.

죽어가는 '이라크병사' 단어 속에
한 가정의 아버지, 아들, 형제 없고

없애야 할 '빨갱이' 단어 속에
민주화를 위한 희생 없네.

....

잔인하고, 무심하게 포장된 단어들
죄책감 없는 욕망을 위해서

부활

부활은

"나의 하느님, 나의 하느님
어찌 저를 버리셨습니까."를
절규하며 죽어간

부활을 부정해버린
예수가 아니라

자신들이 만들어가는
교단과 권능을 위해

사악한 사도들이
만든
어처구니없는
꾸며낸 말

농락하는 자는
그렇다 쳐도
농락당하는 이들은
도대체
무엇을 기대하는가.

마음의 향기

그대는
껍데기의 아름다움에
마음을 빼앗겼나

뼈다귀와 살덩이의
덧없는 아름다움이
그대의 마음을 얽어매는가.

속은 메말라가고
껍데기만 치장하는
쭉정이들만 걸어 다니는 세상

탐욕에 중독된
쭉정이들이
지배하는 세상

껍데기 안에서 피어나는
마음의 향기에 눈을 뜨게나.

애타게 찾아야 할 情은
무상無常한 껍무데기에 가려진
마음에서 자라네.

죽음이 벗겨주리라.
덧없는 껍데기는

민중의 두 멍에

이천년 전
야곱의 땅

민중은
불한당 같은
왕정의
학정에, 착취에
시달리고

만들어진 신
여호와를
팔아먹는 제사장들에게
얼, 삶, 부를
빼앗기며 시달렸는데

지금의
백의민족은

한 줌도 안 되는
위정자와 부유층의
자본에 의한
착취에
시달리고

여호와와
자기 우상화의
망상 속에서
죽어간
예수를 팔아먹는
제사장들에게

얼, 삶, 돈을
바치며
소중한 인생
허망하게 가네.

민중이여

폭발하라
슬픈 민중이여
껍데기에 억눌렸던
자유의 열망을

벗어던져라
가엾은 민중이여
한 줌도 안 되는 자들이
얹어놓은 가시관을

나오라
어두운 민중이여
싸고 또 싸여진
무명의 장막을 뚫고

모여라
힘없는 민중이여
돈도 권력도 미치지 못하는
모이면 엄청난 힘을

함께 가자
외로운 민중이여
나의 경계를 스스로 깨고
사랑해야 할 모두를 안고

알아야한다
성급한 민중이여
그토록 원하는 변화는
그대로부터 먼저 이루어져야함을

정신을 차려라
얼빠진 민중이여
야곱은 약속의 땅이 아니라
얼을 착취하는 곳이다

삼겹살

불판 위의 삼겹살 태워
함부로 버리지 마라

너의 입 즐거움에
어두운 도살장
한 생명 아스러졌다

너를 위해 보이지 않는 곳에서
죄 없이 아스러지는 이가
너무나 많음을 알고

당연히 누리는
너의 모든 것
하나하나 되짚어
사슬의 굴레에서 벗어나라

생각

횟집 수족관의 물고기가
아무리 외쳐도
맛있는 회를 생각하거나
회 맛을 아는 이에게는
그저 맛있는 회 일뿐이고

그대와 같이하는 다른 이들이
아무리 외쳐도
착취하려 다른 이를 보거나
착취의 맛을 아는 자에게는
그저 착취의 대상 일뿐이네.

다른 이가 그대에게
아무리 외쳐도
육신과 세상의
욕심으로 길들여진 그대는
다른 이의 소중한 삶을
느끼지도, 보지도 못하네.

생명은 소중하다

그대 앞에
살아있는 생명이

비록
풀 한 포기라 할지라도

어찌
인간이 만든 피조물인
각종 신神과
이미 가버린 죽은 자보다
못하단 말인가.

죽은 조상이든
우상화된 죽은 자든
만든 신이든

그대가
어찌 할 수 없는
허망한
빈껍데기 보다

그대 곁에서
생명의 숨을
나누어 쉬는

그대가
어찌 할 수 있는
생명을 품은 이들을
사랑해야 하지 않겠나.

생명이 어찌 생명을

생명이
생명을 죽일 수도

생명이
생명을 먹을 수도 없네.

그저, 껍데기가
껍데기를 죽이고

껍데기가
껍데기를 잡아먹는 것뿐

아!
껍데기로부터의
자유로움이여

생명을 느껴가는
깨달음이여

느끼네.
영원한 생명의
꿈틀거림을

들리네.
기쁜 생명의
아름다운 가락이

사랑한다.
생명들아

생명

밟히는
풀 속에도

말 없는
나무속에도

눈망울 반짝이는
강아지 속에도

욕망을 쫓아 분주한
사람 속에도

생명이
생명이

껍데기 속에
가려진

똑같은
생명

세계의 통일된 나라

남한과 북한, 한국과 일본
이스라엘과 팔레스타인…

나라와 체제는
나에게 의미 없네.

그 안에 갇힌 똑같은 민중만이
의미 있고 소중할 뿐

착취당하고 전쟁에 내몰리는
춘추전국시대가 나는 싫네.

민중에 의한, 세계의 통일된
하나의 나라는 언제 오려니.

시선에 실린 마음

나의 눈길에
실린 마음은

벚나무를 볼 때나
까치를 볼 때나
고양이를 볼 때나
일본 사람을 볼 때나
한국 사람을 볼 때나

모두
또옥 같네.

껍데기에 싸여진
슬픈 운명의
생명들

욕망으로 인한
껍데기들로부터
아프지 않기를
상처 입지 않기를…

시인

시인은 샘이다

깊은 산골짜기
모래 한 줌 밑에서
산의 향기 흠뻑 배인
생명을 쏟아내면

흐르고 흘러서
살아있는 이들을
살찌우고
더러움 씻어주네

시인은
처음처럼
깨끗한 샘이어야 한다.

어항 속 물고기

입구에 맛있는 먹이를 붙여
물고기를 유혹하는
고기잡이 어항이 있다.

힘들이지 않은
맛있는 먹이에
어항 속으로 들어가는 물고기들

어항 속의 좁고 부자연스러움에
이리저리 반항하지만
조금씩 길들여져
어항 속이 세상이 되었다.

몇 마리는
운이 좋은지
끊임없이 나갈려는 노력 때문인지
밖으로 빠져나와
자유롭게 제 갈 길 간다.

어항 뜨러 온 어부의
발자국 소리에
혼비백산한 어항 속 물고기들
죽음의 망태 속으로
들어간다.

문명의 부자연,
자본의 사슬에
길들여져 가는 물고기들

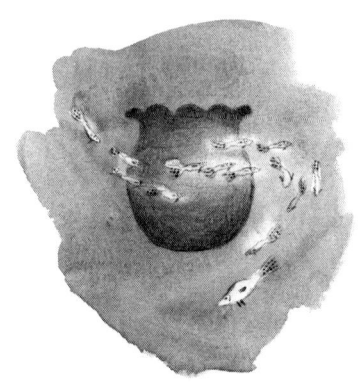

인류의 멸망

슬퍼하지 마라!
인류의 멸망이
모든 것의 끝이라고

하나의 종이 사라짐은
새로운 너의 탄생을
가져오리라!

인류의 멸망은
다른 종, 지구, 우주에게는
의미 없다.

작은 나로부터 벗어나면
더 큰 내가있고

나그네에게
집은 의미 없다.

집이 너를 붙잡는
것이 아니라

네가 집에 길들여져
집과 같이 아스러진다.

그것을 경계하라!

피조물

세인들은
피조물을 만들고

그 피조물에
노예가 되가네.

생명보다
더 소중히
피조물을 숭배하네.

참나

이번 생에서만
잠시 부르는
이름도
나가 아니요

생사의 윤회 속에
수없이 갈아입는
육신도
나가 아닌데

하물며
육신으로 인해
생겨난 관계들이야

수없이 갈아입는
육신 속에서
죽지 않는 그 것
참나

껍데기 안에서
처음처럼
비어있는 나
참나

흉내 내기

대통령이 되면
대통령처럼 흉내 내고

할아버지가 되면
할아버지처럼 흉내 내고

회장이 되면
회장처럼 흉내 내고

미인이 되고 싶으면
미인처럼 흉내 내네

귀하고 천하고
높고 낮은 신분은
흉내 내는
무상한 껍데기에만 있는 것

그 껍데기들 속의
참나는 모두 또옥 같네.

죽은 자 보다 생명이

죽은 자가
아무리 성스럽다 한들
어찌
그대 앞에
살아있는 풀 한포기만 하랴

하물며
그대와 같은
육신의 옷을 입고 있는
생명이야
더 말해 무엇 하리.

죽은 자에 대한
숭배로
살아있는 생명을
홀대하지 마라

더구나
전쟁까지 일삼는
그대는

속이 빈
껍데기 때문에
속이 찬
그대와 똑같은 생명까지
해치려 하는가.

누구를 위한 빠름인가

세상은 점점 빠르게 돌아가고 있다
생명들은
빠르게 돌아가는 톱니바퀴에 끼어
망가지고 있다
짓이겨지고 있다
육신도, 삶도, 마음도…
육신의 병, 삶의 병, 마음의 병…

세상을 돌아가게 하는 것은
욕망
욕망을 조종하는 것은
자본

여기저기
정신없이 터져 나오는
생명들의 고통 속에서도
자본은 높이 쌓여만 가네.
착착착착착…
자본가의 통장 안에서
숫자만
착착착착착…

가엾은 세상아!

누울 곳 없어라.
온통 울타리에 갇히고
피라미드에 세뇌된 세상

쉴 곳 없어라.
온통 울타리에 갇히고
피라미드에 세뇌된 세상

갈 곳 없어라.
온통 울타리에 갇히고
피리미드에 세뇌된 세상

하나 될 곳 없어라.
온통 울타리에 갇히고
피라미드에 세뇌된 세상

가엾은 수레바퀴

찰나에 뒤집어쓴
육신과 운명으로
살다 가는
어리석은 생명이여
가엾은 생명이여

세상의 피라미드 안에서
아래 계급의
욕망을 먹고 사는
위에 계급

자연의 피라미드 안에서
아래 육신의
욕망을 먹고 사는
위에 육신들

아!
덧없고 허망한 피라미드여!
덧없고 허망한
육신의 자기복제 욕망이여!

찰나에 뒤집어쓴
육신과 운명에 갇힌
욕망은
지옥 같은
피라미드를 지탱하는
어리석은 수레바퀴여!
어리석은 수레바퀴여!

그대를 부르네

이 생명은
누군가를 부를 때
'생명'
'시인'이라 부르네.

찰나에 뒤집어쓴
육신, 나, 우리
민족, 국가, 이념, 종교
지식, 상, 틀, 껍데기
욕망, 어리석음, 허망함…
벗기고, 벗겨
다 벗겨내면
밑바닥엔
하나같이
생명이 나오네.
생명이 드러나네.

글로 쓰는 것을
어찌 참된 시를 쓴다 하랴
몸으로 쓰고
삶으로 쓰고
벗어남으로 쓰는
시가
참된 시인 것을
시인이 아닌 생명이 있는가.
시인이 아닌 생명이 있는가.

생명이어!
시인이여!
하나의 생명이여!
평등한 생명이여!
이 생명의 벗님이여!

늑대의 비애

아귀다툼으로
썩은 사료를
받아먹기 위해

자유, 얼, 삶, 자식을
모두 바친
우리 안의 개들을

산 위에서
멍하니 쳐다보는
늑대 한 마리

하루 종일, 배고파
먹이 찾아 헤매어도,
먹지 못하는 야생화
핥으며 살아도

자연에서
두려움 없이
어디든 갈 수 있는데

두려운 것은
눈에 가득한, 새끼 두 마리가
사료의 유혹에
저 우리 안으로
들어갈까, 걱정이네.

다시 써라 사회 계약서를

그대가
서명하지도, 인정한 적도 없는
계약서

갈기갈기 찢어버려라.
모든 생명들에 대한
착취의 정당성을,
모든 생명들에 대한
탄압의 정당성을
그들이 만들어 정한
교묘한 노예 계약서를

한 줌도 안 되는
피라미드 꼭대기를 향한
복종을, 희생을
당연히, 신성시하는
사회 계약서를
갈기갈기 찢어버려라

안으로 착취와 복종
밖으로 정복에 내모는
모든 울타리와 피라미드를

꽃은 꽃 그대는 그대

무너트리고
사악한 자들이 만든
사회 계약서를
갈기갈기 찢어버려라

먼저, 그대 마음속에
알게 모르게 세뇌된
어리석고 사악한
울타리와 피라미드를 무너트리고
안과 밖을 평등하게 하여
안과 밖을 하나 되게 하여
자기로부터 혁명을 이루어

다시 써라
사회 계약서를
다시 싸워라
다시 만들어라
모든 이들의 권리를 위하여
모든 이들의 생명을 위하여
모든 이들의 평등을 위하여
모든 이들의 자유를 위하여

다시 써라
사회 계약서를
모는 이들을 평등한 주인으로
모든 생명을 평등한 주인으로

들풀처럼

들풀처럼 왔다
들풀처럼 가네.
한 송이
개망초꽃 되어

진실은
들풀처럼 왔다
들풀처럼 가네.
자유롭게
평등하게

참된 이치는
들불처럼
육신과 운명을 태워
차가운 죽음을
따뜻하게 하고

죽은 욕망
깨끗이 덮어줄
하얀 송이, 송이…
함박눈 내려라
들에, 들에…

들풀은
다음 세상
꿈꾸네.
포근한 생명의
땅속에서

사의 찬미

겨울이 온다.
순수를 지키기 위하여
순수를 정제하기 위하여

쓰러지는
욕망 위에
하얗게 눈이 나린다.
하얗게 눈이 나린다.

누구는
그것을 고통이라 말할 때
누구는
그것을 아름답다 말하네.

죽음이 온다.
순수를 지키기 위하여
순수를 정제하기 위하여

쓰러지는
욕망 위에
까맣게 어둠이 나린다.
까맣게 어둠이 나린다.

누구는
그것을 고통이라 말할 때
누구는
그것을 아름답다 말하네.

애완동물

생명이
그대의 욕망 아래
장난감이 될 수는 없다
장난감이 되어서는 안 된다.

그대가
누군가의 장난감이 되고 싶지 않다면
생명을
그대의 장난감에서 풀어주어라
생명을
그대의 어리석은 욕망에서 풀어주어라
생명을
또다시, 복제하여 장난감으로 삼지도 마라

애완동물은
그대의 감옥 안에 갇히고
그대는
애완동물의 노예가 되나니

생명은
대자연 속에서
스스로 살아갈 때
생명으로 대접받고
생명으로 행복하다

잃어가는 감각

감각을
잃어가네

감각이 사라지니
모를 수밖에

사람을
사람으로
생명을
생명으로

마음에서 느끼는
감각을 잃어가네

생명이 없이, 마음이 없이
기능만 있는
기계문명에
길들여져 가는 세인들은

사람을
생명을
기능으로 밖에 보지 않네.

기능이 떨어지거나
필요 없으면
버려야 할
소모품처럼…

감각을 되찾아라.
사람을
사람으로
생명을
생명으로 대하라

그대가
다른 이에게
그렇게
대접받고 싶은 것처럼

다 버리고 생명을

세뇌된 모든 것
세뇌된 모든 틀
다 버리고 생명을 보라
다 벗어나서 생명을 보라

생명이 뒤집어 쓴
껍데기는 달라도

어느 생명 하나
사랑스럽지 않은 것 없네.
가엾지 않은 것 없네.
어여쁘지 않은 것 없네.

다 버리고 생명을 보라
다 벗어나서 생명을 보라

절대평등

풀, 나무, 풀벌레…
소, 양, 개, 사자…
사람, 외계인, 다른 시공 속 생명…
지구, 별, 우주…

잠시, 뒤집어쓴 껍데기는 달라도
잠시, 뒤집어쓴 운명은 달라도
돌고 도는 수레바퀴 속에서
모든 생명은 하나다
모든 생명은 평등하다

어리석은 죽음

민족, 국가, 단체, 족벌, 종교…
어리석고 사악한
울타리와 피라미드를 위한
죽음은
허망하고 값어치 없으며
어리석고 사악한
죽음이로다.

세상은
찰나에 뒤집어쓴
육신과 운명에
세뇌 되고 갇혀
울타리와 피라미드 안에서
어리석고 사악해진 생명들과

찰나에 뒤집어쓴
육신과 운명의
덧없음과 허망함을 알아,
어느 것에도 갇히지 않은
참된 이치에 눈떠

모든 울타리와 피라미드를
무너트리고
평등하게 하나 되려는…
참된 생명들과의 싸움이다.

민족, 국가, 단체, 족벌, 종교…
어리석고 사악한
울타리와 피라미드를 위한
죽음은
허망하고 값어치 없으며
어리석고 사악한
죽음이로다.

악법은 법이 아니다

악법은
법이 아니라
끊어야 할
피라미드의 사슬이다

생명아, 생명아
피라미드의 사슬을 끊어
피리미드를 무너트리고
자연으로 돌아가자
평등세상으로 가자
착한 세상으로 가자
하나의 세상으로 가자

돌아오라 하나야!

생명아, 생명아
너희가
다 벗은
생명으로 하나 되면
낙원이 올 것이요

다른 것으로
하나 되면
가장 악랄한
지옥이 올 것이다

생명아, 생명아
너희가
어느 것에도
갇히지 않은
참된 이치로 하나 되면
낙원이 올 것이요

갇힌 이치로
하나 되면
가장 악랄한
지옥이 올 것이다

제5부

수레바퀴 안에서

그냥 행복해

아!
행복해
그냥 행복해

살아있다고
가졌다고
되었다고
배부르다고
편하다고
행복한 것이 아니라
그냥 행복해

그래, 처음부터
그냥, 행복했던 거야

무엇 때문에
행복한 것이 아니라
그냥, 행복한 거야

아!
행복해
그냥 행복해

꽃은 꽃 그대는 그대

그대가
부른다고
꽃이 되더냐.

꽃은
꽃이었네
그대의 눈 밖에서도

그대의 부름에
그대의 욕망에
그대의 어리석음에

꽃을 가두지 마라
꽃을 꺾지 마라
꽃을 슬프게 하지 마라

꽃도
스스로 살아가네.
주인 된 나그넷길에

우상화

김일성의 우상화에
혈안이 된

북한 체제의
지배자들

예수의 우상화에
혈안이 된

교단 안의
사제들

자신들의 체제와
권능을 위한

어처구니없는
끊임없는
우상화

집단 이기주의는
또옥 같네.

생명들아

행복하라 생명들아
내일 죽을지라도
껍데기를 벗고
자유로워짐을 기뻐하라

춤추어라 생명들아
갖은 것이 없을지라도
우주는 비울수록 커가고
마음은 비울수록 자유롭네.

노래하라 생명들아
죽음의 계절이 올지라도
자고 일어나 떠나는
나그넷길처럼 흥겹게

깨어나라 생명들아
無明하여 악업을 짓고
그 악업의 수레바퀴에서
벗어나지 못하는 생명들이여

선과 악

자신들을 살육하는 미군 기마병은
인디언에게는 악마
자신들을 위해 싸우는 도끼든 인디언은
인디언에게는 천사

자신들을 살육하는 도끼든 인디언은
서부 개척민에게는 악마
인디언을 살육하는 미군 기마병은
서부 개척민에게는 천사

집단 이익에 따라, 욕망에 따라
그어진 무지의 선과 악은
끊임없는 악업을 낳네.

다른 이들을 악의 이름을 씌워
죄책감 없는 살육을 하지 말게나.
히틀러처럼, 부시처럼…

인간이 만들어 낸
가장 위험한 단어
선과 악

스트레스

마음에
일정한 틀을 만들거나

마음을
고형화하면

그 곳에
쓰기 쉬운 글자
'스트레스'

마음에
틀을 만들지 않아

나와
다른 이를
그 곳에 가두지 않고

욕망으로 고형화한
마음조차 없으면

어디에도 쓸데없는 글자
'스트레스'

신神

신神은 없다
나의 마음속에

신神은 있다
세뇌된 상상 속에

신神은 없다
대자연에

법法이 있네.
원인과 결과에

갇히면 악마도 숭배한다

생명아, 생명아
너희가
갇히지 않은
참된 이치에 눈뜨면

지금껏
울타리와 피라미드에 세뇌되어
영웅처럼 떠받들었던 자 중에
사악하고 어리석은
악마의 본색이 보이고

지금껏
울타리와 피라미드에 세뇌되어
멸시하던 자 중에
모든 생명들의 평등을 위한
영웅의 본색을 보리라.

제사장 (무당)

그 옛날
역사 이전에

한 줌도 안 되는 자들은
신을 스스로 만들어

자신들을 거역하는 것은
신을 거역하는 것이고

역병, 가뭄, 재앙으로
벌하리라.
겁을 주면서

신의 대리인으로
온갖 권능과 탐욕을 채우며
민중을 지배했네.

오늘도
신을 팔고
죽은 자를 우상화하는
사악한 사제들은
자신을 위해
교단을 위해
권능을 위해
지배를 위해

세치의 혀로
햇빛을 가려
어둠을 만드는 장막을
싸고 또 싸네.

참나 아리랑

아리랑 아리랑
아라리요
아리랑 세상에
살고지고

참나를 버리고
가시는 임은
껍데기 안에서
죽어간다

아리랑 아리랑
아라리요
아리랑 세상에
살고지고

참나를 찾아서
가시는 임은
영원한 생명을
찾아가네.

아리랑 아리랑
아라리요
아리랑 세상에
살고지고

악惡

악은
나와 다른 이를
구별하는 데부터 생깁니다.

가지고 있는 것이 무엇인가

이 생명은
하룻밤에도
몇 번씩
생과 사의 경계에서
왔다 갔다 하네.

때론 무엇을
들고 가기도 하고
때론
아무것도
없이 가기도 하네.

무엇을 들고 가면
죽음 무턱까지
그 무엇이
힘이 되고
위안이 되나

정작 가까이 가면서
그것들은 사라지네.
모든 것이 사라지네.
모든 것이 사라진 빈 곳에
두려움이 차누나.

아무것도 없이 가면
힘이 되는 것도
위안이 되는 것도 없으나
죽음도
태어남도
두려움도 없네.

갇힌 것은 참된 이치가 아니다

비록, 비를 피하는
초가집 처마 밑에서
한 사람에게
참된 이치를 말할지라도
이치가 참되고, 바르고,
어느 것에도 갇히지 않으면
하나의 생명을
참된 이치로 벗어나게
구원할 것이요

비록, 으리으리한 교당을 지어
많은 이들에게
이치를 말할지라도
울타리에 갇히고,
집에 갇히고,
틀에 갇히고,
껍데기에 갇히고,
거짓과 망상에 갇히고,
욕망에 갇히고,

어리석음에 갇힌
이치를 말한다면
많은 생명을
속박과 어둠으로,
욕망과 어리석음으로,
망상과 사악함으로 끌고 들어가는
악업을 짓는 것이다.

갇힌 가엾은 생명아

세상에
가엾고 어리석은 생명은
스스로가 집에 갇혀있는 생명이요

더 가엾고 어리석은 생명은
스스로가 집에 갇혀있는지도
모르는 생명이다.

덧없고 허망한 모든 집
육신, 세상, 종교, 국가, 민족, 울타리
자본, 이념, 관념, 세뇌, 피라미드
뇌, 감정, 욕망, 틀, 상…

감동

한칼에
한 가정의 아버지인, 아들인, 손자인…
이름 모를 병졸
수십 명을 살육하는
관우, 장비, 여포…
살인마들의
무용담에 감동하면서

한마디의 말로
수천, 수만
살인마들의 마음을
잠재우는
싯다르타…
깨우친 생명들의
참된 이치에 귀를 열지 않는가.

바람을 죽여

지팡이 들어
하늘에 꽂나니

땅은 뚫리고
길은 사라지리.

산은 가라앉고
바다는 올라오리니

생명들은 모두
처음으로 돌아가리라.

그늘에서 벗어난 이

누군가 그대를 비판해도
누군가 그대를 비난해도
누군가 그대를 멸시해도

성냄을 버리고
평안한 스스로에게
돌아올 줄 알면
그대는
그늘에서 벗어난 이다

누군가 그대를 칭찬해도
누군가 그대를 받들어도
누군가 그대를 숭배해도

교만을 버리고
평등한 스스로에게
돌아올 줄 알면
그대는
그늘에서 벗어난 이다

그대가 품고 사는 것

어디에 사느냐보다
누구와 함께 사느냐가 중요하듯

아무리 으리으리한 집에 살아도
악마와 함께 산다면
그곳이 지옥이요

아무리 소박한 집에 살아도
착한 이와 함께 산다면
그곳이 낙원이듯이

아무리 으리으리한
육신과 운명을 살지라도
갇힌 이치를 품고 산다면
그곳이 지옥이요

아무리 초라한
육신과 운명을 살지라도
참된 이치를 품고 산다면
그곳이 낙원일세.

그대를 구원할 이

생명아, 생명아
그대를 구원할 이는
그대 밖에서 오는 것이 아니라
그대 안에서 옴을 알라
안에서 이루어짐을 알라

그대 스스로가
그대를 구원할 구세주다

어리석음을 씻는 것도,
참된 이치로 가까이 가는 것도,
피라미드의 잔인한 수레바퀴에서
벗어나는 것도,
절대평등
절대자유
절대평안으로 가는 것도
그대 스스로다

그대 스스로가
그대를 구원할 구세주다

껍데기 역사를 버려라

울타리의 역사
피라미드의 역사
불평등의 역사
체제의 역사
계급의 역사
지배의 역사
복종의 역사
폭력의 역사
전쟁의 역사
정복의 역사
속박의 역사
착취의 역사
사악함의 역사
어리석음의 역사를 버려라!

씨족, 나라, 민족, 종교…
껍데기의 역사를 버리고

하나의 역사를 열어라!
생명의 역사를 열어라!
민초의 역사를 열어라!
평등의 역사를 열어라!
자유의 역사를 열어라!
평화의 역사를 열어라!
참됨의 역사를 열어라!

껍데기 행복

행복은
유리창에 입김 불어가며
그리는 그림 같은 것
덧없어라.
허망하여라.

세뇌된 육신의 행복을
세뇌된 세상의 행복을
세뇌된 종교의 행복을
숨이 가쁘게 쫓아가지만

껍데기는
모두 시간과 함께 사라지는 것
껍데기는
모두 터지는 물방울 같은 것
껍데기는
모두 스스로를 괴롭히는 것
껍데기는
모두 죽음으로 벗겨지는 것
어리석어라.

덧없어라.
허망하여라.

스스로에게
무엇이 남는가.
스스로에게
무엇이 필요한가.
눈떠
참된 이치 속에서
절대 평등
절대 자유
절대 평안을
영원히 누릴 그대에게

되받이

그대는
느끼는가.
참된 이치 중에 하나
되받이를

그대가
자연에게, 다른 이에게
한
그대로
생사를 넘어
되돌려받는다는 말

죽이면 죽인 만큼
죽임을 당할 것이요

뜯어먹으면 뜯어먹은 만큼
뜯어 먹힐 것이요

학대하면 학대한 만큼
학대를 당할 것이요

착취하면 착취한 만큼
착취를 당할 것이요

속이면 속인 만큼
속임을 당할 것이요

베풀면 베푼 만큼
베풂을 받을 것이요

배려하면 배려한 만큼
배려를 받을 것이요

사랑하면 사랑한 만큼
사랑을 받을 것이요

용서하면 용서한 만큼
용서를 받을 것이네

두려운 것은 갇힌 스스로다

사람아, 사람아
너희는
모세와 예수, 마호메트 같은
사악하고 어리석은 무당들이
거짓과 망상으로 만든
허망한 여호와와
여호와를 통한 심판보다
대자연의 심판을
두려워할 줄 알아야 한다.

대자연의 심판보다
너희 스스로
대자연을 포함한
모든 집으로부터
모든 틀로부터
모든 감옥으로부터
벗어나지 못하는
너희 스스로를 두려워하라!
너희 스스로를 두려워하라!

마부를 잃고 달리는 마차

사람이 욕망에 빠지면
사람이 욕망에 사로잡히면
스스로를 잃어버리고
스스로는 어디에도 없고
욕망만 미쳐 날뛰네.
욕망만 미쳐 날뛰네.

욕망에 갇히면
사람이 아니네.
생명이 아니네.
스스로가 아니네.
욕망만 미쳐 날뛰네.
욕망만 미쳐 날뛰네.

말뚝을 뽑아버리니

이 생명은
'나'라는
허망한 집이 없으니
이로움을 추구할 것도
쌓아둘 곳도 없네.

이 생명은
'나'라는
허망한 집이 없으니
드러냄을 보여줄 것도
표시할 곳도 없네.

이 생명은
'나'라는
허망한 집이 없으니
들어갈 것도
머무를 곳도 없네.

이 생명은
'나'라는
허망한 집이 없으니
괴로워할 것도
두려워할 곳도 없네.

바람 나그네

바람이
높은 누각의 꼭대기에
매달려 무엇하나.

초목의 야생화 향기
이리도 좋은데

길이 없는
자유 속에서
참된 이치 누리리.

마음의 때 귀여움

껍데기에 길들여진 생명들은
덧없고 허망한
귀여움의 감옥에 갇혀있다
귀여움의 덫에 걸려있다
귀여움의 노예로 산다.

귀여움 때문에 이성을 갖으려 하고
귀여움 때문에 아이를 갖으려 하고
귀여움 때문에 애완동물을 갖으려 한다.

모든 괴로움
모든 짐
모든 슬픔
모든 악
모든 덫
모든 결과는
껍데기의 짧은 유혹 뒤에 숨어 있는 법

바른 과보

일체는 하나임을 알고
일체는 평등함을 알고
일체 안의 경계는 덧없을 알고
'나'라는 굴레로부터 벗어나
일체를 배려하는 삶의 과보는
어느 누구도 받지 않을 것이며
어느 누구도 다 받을 것이다

악행은 끊어지니
어느 누구도 받지 않을 것이요
착함은 일체를 채우니
어느 누구도 다 받을 것이다

바른 길

세상에 나와
육신과 육신으로 인한
껍데기들에
길들여지지 않고
항상 관찰하여
깨달음의 길을 가는 이는

헛된 탐욕, 성냄, 어리석음에
빠지지 않아
육신으로 인한
인과의 늪에서 벗어나고
악업, 아귀다툼, 지옥 같은
생사의 늪에서 나와

스스로
그렇게
영원히
자유로우며
평안히 존재하리라.

처마 밑 무심삼매無心三昧

처마 끝 타고
떨어지는
빗방울, 방울, 방울…

멈춰진 시선은
멍하니
텅 비어가고

슬며시
찾아온
무심삼매는

해탈의 맛 보여주네.

사랑하는 이에게

아내에게
남편에게
식구들에게

거친 말
성내는 말
나쁜 말을 하는 것은

집안에
악취가 나는
쓰레기를 버리는 것과 같네.

집안에서
사랑하는 이들에게 하는

칭찬하는 말
사랑스런 말
좋은 말은

집안에
맑은 공기와

예쁜 향기를 뿜어주는
화초를
심는 것과 같네.

소박함에 숨겨둔 참된 이치

위대한 이는
항상
소박함 속에
참된 이치를 숨겨둔다

번지르르르하고, 으리으리한 것은
교만하고, 방자하고
상하고, 변하기 쉽지만

겸손하고, 착하고
자연 그대로를 잃지 않는 소박함은
참된 이치를 변하지도
참된 이치를 상하지도 않게
보관할 수 있는 곳이네

소유물은 감옥이다

생명아, 생명아
그대가
탐욕으로 무엇인가를 소유함에
무엇인가를 소유한 것이라
착각하지 마라

그대는
무엇을 소유함으로써
소유물의 노예가 됨을 알라
자식, 애완동물, 부, 지위, 이념, 종교…

많이 소유한 자는
많이 갇힌 자이며,
많이 나약한 자이며,
많이 괴로운 자이며,
많이 속박된 자이며,
많이 스스로를 잃어버린 자이며,
많이 어리석은 자이다.

수레바퀴 안에서

태어날 때
불평등하고
부자유스럽고
괴로운
운명이, 틀이, 굴레가
너희를 기다렸듯이

지금
너희가 만들어가는
운명이, 틀이, 굴레가
또다시 이 세상에 올
너희를 기다리리라.
너희를 괴롭히리라.

시공여행

시공의 덧없음이여!
육신의 덧없음이여!

괴로움이어라.
괴로움이어라.
시공 안으로 들어오니
온통 괴로움이어라.

어리석음이어라.
어리석음이어라.
육신 안으로 들어오니
온통 어리석음이어라.

이 시공 속으로
들어오는데 사용한
육신이
다 되어가는구나
다 되어가는구나

이 시공 속의 고된 여행이
즐거운 것은
가벼운 것은
시공을 뚫고 흐르는
참된 이치
절대평등
절대자유
절대평안에
스스로 맡기네.
스스로 누리네.

스스로 눈떠라

덧없는 힘으로,
허망한 상으로
영생을 주겠다는 자
그자는
어리석고
눈뜨지 못하였을 뿐 아니라
사악한 자이다
사기꾼이다

그대의 머리채를 쥐고
그대를 어둠으로 끌고 가
그대를 착취할 자이다
그대를 어리석음으로 가둘 자이다

그런 자들은
모든 시공 속에
언제나 존재하나니

스스로 눈떠
어리석고 사악한 자들의
노리개가 되지 마라

절대평등
절대자유
절대평안은
스스로 눈떠
스스로 누리는 것

스스로에게 가장 위험한 때

그대에게
가장 위험한 때는

산속에서
맹수를 만날 때도 아니요

골목에서
흉악범을 만날 때도 아니네.

그대의 권능 아래 있는
생명들과 함께 있을 때가
그대 스스로에게 가장 위험 할 때이다

눈뜨지 못하고
스스로를 다스리지 못하는 자는
권능을 함부로 휘둘러
다른 이를
아프게 하고, 학대하고
착취하고, 해치나니

그 모두가
생사를 넘어
돌아올 업이다
그 모두가
생사를 넘어
받아야 할 되받이다.

심판의 날

심판의 날이 따로 오리라
착각하지 마라

심판은 이미
생명이 나오면서 시작되었다

지금 이순간도
지금껏 그랬던 것처럼
심판이
그대에게 이루어지고 있다

모든 생명이
끝나는 그 순간까지
어느 한 순간도
심판이 아닌 때가 없노라

지금의 그대는
지난 심판의 결과이며
또한
현재의 심판대에 있노라

스스로의 힘

비록 갖은 것이 없고
배운 것이 없을지라도
참된 이치에 눈떠
자신을 올바르게
다스릴 수 있다면

천하를 얻은 것보다
더 이롭고
만물을 다스리는 것보다
더 힘이 있으며
상상의 신보다
더 자유로우리라.

스승을 찾는가

화려한 스승을 찾는가.
이름이 높은 스승을 찾는가.
힘이 큰 스승을 찾는가.
조직을 거느린 스승을 찾는가.
지식으로 치장한 스승을 찾는가.

흙벽돌은
아무리 문질러도
거울이 되질 않네.

모든 것으로부터 벗어나
마음을 없앤
소박한 스승을 찾아라.

그이가
껍데기에 눈이 멀어서 잃어버린
참된 그대를
비추어 주리라.

여섯 마리의 등에

육신의 감각은
소의 몸에 달라붙은
등에와 같이
끊임없이 욕망, 어리석음으로
그대를 괴롭히나니

육신의 감각을
느끼기를
참된 그대에게 달라붙은
등에 보듯 하라.

영원한 삶을 산다는 것

영원한 삶을
산다는 것은

영원한 삶을
안다는 것이요

안다면
자기의 무상한 울타리 안에서
무상한 자기를 위하여
악하게 산다는 것이
얼마나 허망하고
얼마나 무섭고
얼마나 고통을
가져다주는가를 알리라

영원히
영원히

영원함

색은 무상하다
법은 무상하다
색에 갇혀있으면
법에 갇혀있으면
영원함을 보지 못하리니

일체는 영원한 것이 없다는
그 말 자체도
영원하지 않다는 것을 보여준다.
그 말도 일체 안에 들어있으니까

의지할 곳

육신에 의지하지 마라
죽음으로 벗을 것이다

생각에 의지하지 마라
죽음으로 벗을 것이다

지혜에 의지하지 마라
죽음으로 벗을 것이다

세상에 의지하지 마라
죽음으로 벗을 것이다

종교에 의지하지 마라
죽음으로 벗을 것이다

세뇌된 모든 것에 의지하지 마라
죽음으로 벗을 것이다

모든 집을 뚫고 흐르는
참된 이치와 하나 되어

절대평등
절대자유
절대평안으로 벗어나
영원히 존재하라!

착한 생명들이여
하나의 생명들이여

이방인

찰나에 뒤집어쓴
육신과 운명으로
살아가는 생명이여
이 세상,
이 대자연,
이 시공에
이방인이 아닌
생명이 있는가.

모든 생명은
찰나에 뒤집어쓴
육신과 운명에도
이방인인 것을
남녀, 국가, 민족
종교, 이념, 관습, 문화…
덧없고 허망한 껍데기들이야

덧없고 허망한 껍데기들에
세뇌되고 길들여지고
갇히고 어리석어져서
짓는 악행이
얼마나 허망한가.
얼마나 허망한가.

어느 것에
갇힌 이치로
악마가 되지 말고,
어느 것에도
갇히지 않은
참된 이치가 되어
영원히 존재하라

인간의 피조물

신神은
상상과 무지의
사생아이며
두려움이 산파역을 했네.

민중을 지배하고픈
사악하고, 어리석은 자들은
아직도
허망한 신神을 이용하여
욕망을 채우네.

자연에는
처음부터
신神이란 허망한 것은 없네.
인간의
상상에만 있는 신神
이제는
깨어나, 벗어나야 하지 않겠나.

절대평안으로 가는 길에

절대평안으로 가는 길에

그대가 만약 한 가닥이라도
욕망의 끈을 남기면
한 가닥의 끈을 붙잡고
악마가 따라와
그대를 괴로움으로
칭칭 동여매나니
욕망의 끈을
한 가닥도 남기지 마라

절대평안으로 가는 길에

그대가 만약 하나라도
'나'라는 항아리를 남기면
악마가 그 속에 들어가
그대를 괴로움으로
가득하게 채우리니
'나'라는 항아리를
남김없이 깨버려라

악마

이 우주와 저 우주
이 세상과 저 세상
시공 속, 시공 밖
어디에도
악마는 따로 없다.

생명이
덧없고 허망한
육신에 갇혀,
운명에 갇혀,
울타리에 갇혀,
틀에 갇혀,
자기를 둘러싼 집이
영원한 제집인 양
그 곳에
세뇌 되고 갇혀
어리석고, 사악해지면
그 생명이
바로
악마다

악마다
다른 생명에게
일체에게

그대를 돌아보라
악마인지,
벗어났는지,
벗어나고 있는지

치료

육신을 건강하게 하려면
자연으로부터 온 육신을
자연에 가까이 두듯이

스스로를 평안히 하려면
참된 이치로부터 온 스스로를
참된 이치에 가까이 두어라

친함은 어리석은 사슬

친한 데서 더러움이 생기고
친한 데서 악이 생기고
친한 데서 어리석음이 생기고
친한 데서 집착이 생기고
친한 데서 속박이 생기고
친한 데서 울타리가 생기고
친한 데서 불의不義가 생기네.

친함에 집착하지 마라
친함을 만들지 마라
친함을 이용하지 마라
친함으로 욕망을 채우지 마라
친함으로 삿된 길로 가지 마라

공평무친公平無親하여
스스로 평등해져라
공평무친公平無親하여
스스로 자유로워져라
공평무친公平無親하여
스스로 평안해져라

한국 사람이 아니다

나는
한국 사람이 아니다
한국에 사는 사람일 뿐이다

나는
중국 사람이 아니다
중국에 사는 사람일 뿐이다

나는
미국 사람이 아니다
미국에 사는 사람일 뿐이다

나는
어느 곳의 사람이 아니라
어느 곳에 사는 사람일 뿐이다

세계의 모든 사람들이,
모든 생명이
하나로 되지 못할 이유는
어디에도 없다

허망한 외로움

독한 외로움에 빠져
피를 토해본 적 있는가.

그때
외로움의 끝을 보면서
알게 되지

외로움은
어디에도 없다는 것을

찰나에 뒤집어쓴
육신과 운명에 세뇌된
어리석고 어리석은
인간들에 의해
만들어진
덧없고 허망한 관념이란 것을

인간이 만들어낸
어리석은 관념
허망한 틀이
생명을
얼마나
나약함과 괴로움으로
얽어매고 끌고 가는지

물어보라!
아스팔트길 한복판
갈라진 틈에서
홀로 피어도
행복의 노래를 부르는
한 포기 풀에

머리에 인 것이 무엇인가

지능이 높다 하여
뇌가 크다 하여
스스로에 대해
참된 생명에 대해
참된 이치에 대해
잘 안다고 말하지 마라

그대는 스스로를 아는가?
그대는 참된 생명을 아는가?
그대는 참된 이치를 아는가?

초목도
다
아는
스스로
참된 이치
참된 생명

그래서 가벼웁게 사네.
그래서 만족하며 사네.
그래서 원망하지 않고 사네.
그래서 아낌없이 주네.
그래서 투명하게 사네.

덫에 걸리지 마라

생명아, 생명아
그대가
수없이 갈아입는,
찰나에 뒤집어쓴
육신과 운명에
연연하지 않고 벗어나면
이 대자연은
그대에게
행복, 아름다움, 축복
극락으로 다가올 것이요

그대가
수없이 갈아입는,
찰나에 뒤집어쓴
육신과 운명에
집착하고 갇히면
이 대자연은
그대에게
불행, 괴로움, 잔인함
지옥으로 다가오리라.

마음의 때 두려움

마음이, 스스로가
어느 것에도 집착하지 마라
어느 것에도 갇히지 마라
어느 것에도 길들여지지 마라
어느 것에도 세뇌되지 마라

육신에 갇히면
육신의 두려움에 갇힐 것이요

세상에 갇히면
세상의 두려움에 갇힐 것이요

종교에 갇히면
종교의 두려움에 갇힐 것이다

스스로 눈떠
스스로 벗어나
스스로 구원하라

살려면 찾아라

찰나에 뒤집어쓴
육신과 운명 속에서
아름답기로
어미와 새끼가
다정히 부비는
모습만 한 것이 없거늘

참된 이치와 함께하는
생명의 아름다움을
어찌
그 무엇으로 표현하랴.

생명아, 생명아
어미의 가슴에
비수를 꽂는 새끼를
그 무엇으로도
변명할 수 없듯이
거짓과 망상의 산물로
신을 만들어

참된 이치를 가리는 자들은
그 무엇으로도
용서받지 못하리라!

생명아, 생명아
눈 못 뜬 새끼가
살려고, 살려고
어미젖을 찾아 애쓰듯
그대가 영원히 함께할
참된 이치를 찾아
절대행복이 되어라!

진실은

으리으리한
깊은 성 안에
꼭꼭 숨어도
죽음이 찾아오듯이

그대가
모세와 예수, 마호메트 같은
어리석고 사악한 무당들이
거짓과 망상으로 만든
신 안에 숨어도
되받이는 찾아오리라!
진실은 찾아오리라!
수레바퀴를 벗어나지 못하리라!

오직
어느 것에도 갇히지 않은
참된 이치에 눈떠,
참된 이치가 되는 이만이
이 지긋지긋한
생사의 늪에서 벗어나

절대행복으로 존재하리니
눈뜬 이에게
삶과 죽음은 의미 없네.
육신과 운명은 의미 없네.

아무것도 없는
바람 같은
눈뜬 이를
덧없고 허망한
그물이 어찌 잡으랴!
창살이 어찌 가두랴!

투명한 물처럼

검은색
하얀색
푸른색
붉은색
어느 색으로든
물든 것을
깨끗이 빨아주는 것은
색이 없는
투명한 색

깨끗한 물처럼
아무 껍데기 없는
참 생명.
어느 것에도 갇히지 않은
참된 이치.

어리석은 껍데기 나

생명들의
모든 도덕의 시작은
스스로를 아는 데부터
시작되네.

스스로를 알지 못하고
찰나에 뒤집어쓴
육신과 운명, 껍데기에
세뇌되고 간혀서
악을 짓고도
악을 짓는지 모르고,
부끄러워할 줄 모르네.

스스로를 모르니
일체가 평등함을 모르고
일체가 하나 됨을 모르네.

어리석게도
사악함이란 탈을 쓰고
끝없는
탐욕의 수레바퀴 속으로
들어가네.
나오지 못하네.

선善과 도道

착함은
찰나에 뒤집어쓴
육신과 운명의
덧없음과 허망함을 알고,
작던 크던 모든 집에 갇힌
어리석음과 사악함, 악을 알아

'나'라는 껍데기의 뿌리를 뽑아,
'나'라는 껍데기의 항아리를 깨어
나를 둘러싼 모든 집으로부터 벗어나
어느 것에도 갇히지 않은
참된 이치가 되어
스스로와 일체가 하나 됨을 말하네.

도는
찰나에 뒤집어쓴
육신과 운명의
덧없음과 허망함을 알고,
작던 크던 모든 집에
갇힘과 집착으로
어리석음과 사악함
괴로움과 나약함이 생김을 알아

허망한 모든 집을 뚫고 흘러
어느 것에도 갇히지 않은
참된 이치로 벗어나
참된 이치가 되어
절대평등
절대자유
절대평안에
영원히 이르는 길을 말하네.

만들어진 신神

만들어 진
여호와도

죽어간 모든 사람처럼
이미 가버린 예수도

신이 아니요

여호와를 만든 자,
여호와를 우상화하는 자들,
성경을 쓴 자들,
예수를 우상화하는 자들,
그들이 전지전능한
신神이다

그들이
자신들의 권능을
지켜주고
민중을 굴복시킬
신神을 만드니까

깨어나라
얼빠진 민중이여!
그대 안의
참된 스스로로 돌아가,
참된 생명으로 돌아가
얼을 차려라

스스로에 눈떠라

컴퓨터가
스스로를 자각하는 날이
컴퓨터가
모든 것을 지배하는
날의 시작이 되듯이

그대가
스스로에 눈뜬 날이
그대가
모든 것으로부터 벗어나는
날의 시작이 될 것이다.